伊西德罗·帕罗迪的六个谜题

[阿根廷] 豪尔赫·路易斯·博尔赫斯　阿道夫·比奥伊·卡萨雷斯 著

刘京胜 译

上海译文出版社

目 录

1_ 奥·布斯托斯·多梅克

5_ 开篇辞

15_ 世界十二宫

41_ 戈利亚德金的四个夜晚

67_ 公牛之神

95_ 圣贾科莫的预见

143_ 塔德奥·利马尔多的牺牲品

179_ 太安的漫长追踪

奥·布斯托斯·多梅克

下面我们抄录一下女教育家阿德尔玛·巴多利奥小姐撰写的大纲：

"奥诺里奥·布斯托斯·多梅克博士一八九三年出生于普哈托镇（圣菲省）。受过有趣的小学教育之后，他和全家人搬到了'阿根廷的芝加哥'[1]。一九〇七年，罗萨里奥的新闻专栏接受了缪斯这位谦逊的朋友最初的几个作品，而且没有怀疑他的年龄。在那个时期写下的文章有《虚空派》《前进的成就》《蓝白祖国》《致她》和《夜曲》。一九一五年，他在巴莱亚尔中心向特定群众朗读了他的《对豪尔赫·曼里克[2]〈为亡父而作的挽歌〉的颂歌》，这个壮举为他带来了响亮却又短暂的声望。同年他出版了《公民！》，一部充满持续想象力的

开 篇 辞

好吧！就这样吧！揭示我的真面目！

但听好了，我们必须联手；

我不喝茶：请允许我抽雪茄！

罗伯特·勃朗宁

Homme de lettres[1]的癖好是多么致命而又有趣！布宜诺斯艾利斯的文学圈大概没有忘记，我斗胆建议它以后也不要忘记，我再也不会因无可挑剔的友谊或名副其实的成就而应邀作序了，当然，这样的请求是合情合理的。尽管如此，我们还是承认，这位苏格拉底式的"怪虫子"[2]令人无法拒绝。这个鬼家伙！他一阵大笑让我放下戒备，他说服我的理由绝对令人信服；他又以一阵具有感染力的大笑颇具说服力又执着地重申，看在他的书以及我们老情谊的分上，我必须作序。所有抗议都无济于事。De guerre lasse.[3] 我不再抗争，甘心面对我精确的雷明顿打字机，多少次它作为我的同谋和无声的知己，与我一起逃向蔚蓝。

　　银行、股票交易所和赛马场的现代躁动并不妨碍我抑或舒服地坐在普尔曼式火车座椅上、抑或在充满怀疑地拜访近乎温泉的赌场泥浴时欣赏令人震颤与发抖的 roman policier[4]。然而，我还是要勇于承认，我并不屈服于潮流：夜复一夜，孤零零的我在卧室中，冷落了天才福尔摩斯，专注于漂泊的尤利西斯的不朽历险，他是拉厄耳忒斯的儿子，宙斯的种子……然而地中海严肃史诗的崇拜者在许多花园里吸吮着蜜汁：勒科克先生[5] 让我精神振奋，我翻动着落满尘土的卷宗；在想象中的巨大宅邸里，我削尖了耳朵，捕捉着 gentleman-

---

1　法文，文人。

2　奥·布斯托斯·多梅克私下的亲切绰号。——奥·布·多注

3　法文，算了。

4　法文，侦探小说。

5　Monsieur Lecoq，法国作家埃米尔·加博里欧的同名侦探小说中的人物。

cambrioleur[1] 悄然的脚步声；在不列颠雾霭下达特穆尔高地荒原的恐怖气氛中，闪着磷光的大猎狗已经吞噬了我。再列举下去未免不够体面。读者已了解我的阅历：我也去过维奥蒂亚[2]……

在对这个 recueil[3] 的大方向条分缕析之前，我请求读者额手称庆，因为在色彩斑斓的犯罪文学的格雷万蜡像馆[4]里，在纯粹的阿根廷场景里，终于出现了一位阿根廷主人公。在两口芳香的烟气之中，在一杯不可替代的"第一帝国"白兰地旁边，品味一本没有听从陌生的盎格鲁-撒克逊读者凶狠指令的侦探小说真是别有乐趣，而我毫不迟疑地把它与"柯林斯犯罪俱乐部"[5]向伦敦的优秀爱好者推荐的那些优秀作家相提并论。当我发现我们这位连载小说作家虽然是"村野匹夫"，却不为狭隘的地方主义呼声所动，并且知道他为其代表性的蚀刻版画选择布宜诺斯艾利斯作为自然背景时，我必须私下强调，我这个土生土长的布宜诺斯艾利斯人感到十分满

---

1 法文，梁上君子。
2 Boeotia，俄狄浦斯王的故乡，诸多古希腊悲剧也以此地为背景。
3 法文，文集。
4 法国巴黎的著名蜡像馆。
5 指英国柯林斯出版集团旗下一家专注于出版犯罪小说的出版社。

意。我还要赞许我们这位老百姓"怪虫子"[1]摒弃了罗萨里奥醉醺醺的、阴暗的"大肚子"形象，展现出了勇气和鉴别力。但是，在这个都市调色板上还缺少两种色彩，我斗胆请求在未来的书籍中加上：我们柔美的佛罗里达大街，它在商店橱窗贪婪的目光注视下整装列队；伤感的博卡区[2]，它在码头旁昏昏欲睡，晚间最后一家小咖啡馆已经合上它的金属眼睑，阴影中一架不衰的手风琴向已经暗淡的星空致意……

我们现在归纳一下《伊西德罗·帕罗迪的六个谜题》作者最突出也是最深刻的特点。我已提及他的简洁和 brûler les étapes[3] 的手法，请不要怀疑。奥·布斯托斯·多梅克任何时候都是其读者的殷勤仆人。在他的讲述中没有遗漏角度，也没有弄混时间。他为我们省去了所有中间羁绊。悲剧的爱伦·坡、曲高和寡的马·菲·希尔[4]和女男爵奥奇[5]所立传统的新芽集中在谜题的关键时刻：神秘的问题和发人深省的解答。

1　见前文注。——奥·布·多注
2　布宜诺斯艾利斯港口地区。
3　法文，直奔主题。
4　M. P. Shiel（1865—1947），英国作家。
5　Emma Orczy（1865—1947），匈牙利裔英国作家、剧作家和艺术家。

纯粹受好奇心驱使，要不就是为狱警所迫，五花八门的人物蜂拥到已经有口皆碑的二七三号单人牢房。第一次会面的时候，他们提出令自己困惑的怪事。第二次，他们倾听令老幼皆惊的答案。作者通过一种既浓缩又艺术的技巧，将万花筒般的事实简单化，再把案件的所有桂冠都集中到帕罗迪非凡的脑门上。没那么精明的读者笑了：他猜想这里恰当地省略了某串令人厌烦的审问，无意识地略去了不止一个巧妙端倪，而这都归功于一位绅士，如果坚持要说出这位绅士的身份就显得无礼了……

我们认真审视一下卷册。它由六个故事组成。我当然并不隐瞒我对《塔德奥·利马尔多的牺牲品》的 penchant[1]：斯拉夫式的作品，在令人不寒而栗的情节上又不止一处对陀思妥耶夫斯基式的病态心理作了真诚研究，与此同时还揭示了一个 sui generis[2] 世界的吸引力，这世界在我们西化的表皮和利己主义之外。我还并不漠然地想起《太安的漫长追踪》，它以自己的方式再现了被藏匿物品的经典案例。爱伦·坡早先以《失窃的信》开启了这一征程；林

---

1 法文，偏爱。
2 拉丁文，独特的。

恩·布罗克[1]在《方片贰》里演绎着巴黎式的变幻,这部作品文笔优雅,却被一只制成标本的狗破了局;卡特·迪克森[2]就不那么幸运了,他依靠中央供暖……如果对《圣贾科莫的预见》置若罔闻就明显不公平了,无可挑剔的谜团解法,用 parole de gentilhomme[3] 来说,使最精明的读者也坠入迷雾。

考验伟大作者功力的手法之一,毋庸置疑,就是对不同人物巧妙自如的刻画。为我们童年的星期天带来幻想的天真的那不勒斯傀儡师用一个对策摆平了这个难题:他给驼背丑角配备了驼峰,给皮埃罗[4]配备了上过浆的衬衫领,给科隆比纳[5]配备了世界上最狡黠的微笑,给阿勒坎[6]配备了一件……阿勒坎式的衣服。奥·布斯托斯·多梅克在 mutatis mutandis[7] 之后,如法炮制。大体来说,他采用漫画家的粗线条,由于

---

1 Lynn Brock(1877—1943),爱尔兰小说家、剧作家,原名为阿利斯特·麦卡利斯特。
2 Carter Dickson(1906—1977),美国侦探小说家,原名为约翰·迪克森·卡尔。
3 法文,君子之言。
4 意大利即兴喜剧和哑剧中的固定角色,涂白脸,穿宽大白衣。
5 意大利即兴喜剧中的固定角色,她是皮埃罗的妻子,阿勒坎的情妇。
6 意大利即兴喜剧中的固定角色,是一个丑角。
7 拉丁文,细节上经过必要修正。

文体本身会不可避免地变形，他欢乐的笔并未触及这类人物的外表，而是用他们说话的方式淋漓尽致地表现。好似在我们多元的本土烹饪里多撒了些美味的盐，这位无拘无束的讽刺作家为我们展现了一个时代的全景，那里不乏虔诚的无比感性的贵夫人；笔锋犀利的记者潇洒自如而不假思索地周旋；出身于豪门的骑士，昼伏夜出的没头脑勇士，从他涂了发胶的光亮脑壳和必不可少的小马驹便可认出；遵循旧文学传统的中国人温文尔雅，不过依我看来，与其说是一个活人，更不如说是修辞之术的拟人形象；还有那位绅士，以艺术与激情之名，专注于灵与肉的狂欢，以及赛马俱乐部图书馆的"学术文献"和俱乐部的击剑赛道……这些特质预示着对社会阴暗面的诊断：在这幅我毫不犹豫地称为"当代阿根廷"的壁画里缺少骑马高乔人的形象，而代之以犹太人，古以色列人，在此控诉粗俗恶劣的现象……我们这位"村野匹夫"的英俊形象也遭受了类似的人格贬损：那个曾经在汉森舞池里以顺滑的探戈舞步与莎莎舞的扭动给人留下深刻印象的强健混血儿，他在这里叫图利奥·萨维斯塔诺，在绝不乏味的闲谈中尽情发挥他那一点儿也不寻常的才能，在舞池里拳剑相交……帕尔多·萨利瓦索这一角色也几乎无法把我们从这种可恼的怠惰中解脱出来，他是奥·布斯托斯完美文风的又一有力旁证。

但是金无足赤。我心中的雅典审查官就断然指责那些五颜六色但无关紧要的笔墨滥用令人生厌：过度生长的灌木丛堆积起来，淹没了帕台农神庙清晰的轮廓……

我们这位讽刺作家手里似手术刀般的长笔在伊西德罗·帕罗迪先生身上迅速失去了锋芒。这位作家笑着嘲弄，向我们介绍老克里奥尔人形象中最无价的一个，那画像与德尔坎波、埃尔南德斯及其他我们民间吉他乐至高无上的祭司——其中最突出的是《马丁·菲耶罗》的作者——留给我们的形象不相上下。

在跌宕起伏的侦探调查纪事中，第一个被囚禁的侦探的称号有幸落到了伊西德罗先生身上。然而，任何一个嗅觉敏锐的评论家都可以提出不止一个容易联想到的相似形象。绅士奥古斯特·杜宾待在圣日耳曼郊区的夜室，就抓住了制造了莫格尔凶杀案的躁动的猩猩。扎列斯基王子从远方的行宫里解决了伦敦的谜团，而在他的宫殿里，宝石与八音盒、圣油罐与石棺、人偶与飞牛奢侈地混杂在一起。Not least[1]麦克斯·卡拉多斯，无论走到哪里都身陷他眼盲的囚笼……这些令人目瞪口呆的侦探，这些神奇如《卧室之旅》中的游人，也只能部分达到我们帕罗迪的水平：他也许是侦探文学发展过程中不可或缺的角色，不过他的出现，他的重见天日，是在卡斯蒂略[2]博士统治下的阿根廷的壮举，这点最好予以公布。帕罗迪的静止完全是智力的象征，代表着对北美空洞狂热躁动最断然的驳斥，也许可以毫不留情却准确地将其与寓言中的诙谐松鼠相比……

　　不过我已经察觉到读者脸上隐约可见的焦躁。当下，对历险的渴望领先于启发性的对话。告别的时刻已到。在此之前，我们携手共进，从今往后，只剩下您一人，面对书籍。

赫瓦西奥·蒙特内格罗

阿根廷文学院

一九四二年十一月二十日，布宜诺斯艾利斯

1　英文，尤其是。
2　Ramón S. Castillo（1873—1944），阿根廷政治家，曾任总统（1942—1943）。

世界十二宫

纪念何塞·S.阿尔瓦雷斯

一

摩羯宫，宝瓶宫，双鱼宫，白羊宫，金牛宫，睡梦中的
阿基莱斯·莫利纳里想着。随后是一阵迷惑。他看到了天秤
宫和天蝎宫。他明白自己弄错了。他醒了，浑身发抖。

太阳已经温暖了他的脸。在床头柜上，在《布里斯托尔
历书》和一些彩票券上，"滴答牌"闹钟指向九点四十。仍然
反复默念着那些星宫的莫利纳里起了床。他透过窗户向外看。
那个陌生人就在街角。

他狡黠地笑了。他回到房间，拿着剃须刀、胡须刷、剩余的黄肥皂和一杯开水回来。他打开窗户，以一种刻意的宁静看着陌生人，嘴里吹着《带标记的扑克牌》[1]，开始缓慢地剃胡须。

十分钟后他到了街上，身着栗色西服，为了这身衣服，他还欠着拉布菲英式大裁缝店最后两个月的款项。他走到街角，陌生人突然关注起那张贴出的彩票中奖号码了。莫利纳里对这种毫无变化的伪装方式已经习以为常，走向亨伯特一世大街街角。公共汽车很快来了，莫利纳里上了车。为了方便跟踪者的工作，他坐到一个靠前的座位上。过了两三个街区后，他转过身，那个陌生人正在看报纸，他戴着黑色眼镜，很容易被认出来。还没到中心站，公共汽车就满了，这样莫利纳里本来可以下车时不被陌生人发现，不过他还有更好的计划。他一直走到巴勒莫酒馆。随后，他并没有回望，而是向北拐去，沿着监狱高墙走，进了院子。他认为自己做得很从容，不过在到达岗哨之前，他扔掉了手中刚刚点燃的香烟。

---

1 一首探戈曲。

他和一个穿衬衫的职员聊了一会儿天，没什么可记述的。一个监狱看守陪同他到了二七三号牢房。

十四年前，屠夫阿古斯丁·R.博诺里诺装扮成意大利人，参加贝尔格拉诺的狂欢节游行，太阳穴上遭到了一记致命的瓶击。没人不知道那记汽水瓶击打是圣脚帮的一个小伙子干的。不过由于圣脚帮是一个宝贵的竞选资源，警察便决定肇事人是伊西德罗·帕罗迪。有些人断言他是无政府主义者，就是说他神神叨叨的。实际上，这两者伊西德罗·帕罗迪都不是。他是南区一家理发店的老板，不小心将一个房间租给了第十八警察局的一个书记员，而那个书记员欠了他一年房租。种种不利情况叠加在一起决定了帕罗迪的命运：证人（他们无一例外来自圣脚帮）口径一致，于是法官判处他二十一年监禁。牢狱之灾改变了这个一九一九年的杀人犯：现在他四十出头，一本正经，肥胖，光头，眼睛尤其充满智慧。现在，这双眼睛注视着青年莫利纳里。

"能为您做点儿什么吗，朋友？"

他的声音并不特别热情，不过莫利纳里知道他并不讨厌有人来拜访。另外，与他找到一个知己和顾问的需要相比，帕罗迪任何可能的反应都不那么重要。老帕罗迪缓慢而老练地在一个天蓝色的小罐里泡马黛茶。他把小罐递给莫利纳里。后者虽然迫不及待地要向帕罗迪说明打乱了他生活的无法改变的奇遇，可是他知道，催促伊西德罗·帕罗迪也无济于事。莫利纳里以一种出乎自己意料的平静开始谈论无关紧要的赛马，那都是有黑幕的，谁也无法预测胜负。伊西德罗先生对此并不理会，又开始了一贯的牢骚，抱怨起了意大利人，说他们无孔不入，甚至不把国家监狱放在眼里。

"现在到处都是来路可疑的外国人，谁也不知道他们是从哪儿来的。"

莫利纳里是民族主义者，所以很容易加入抱怨。他说他已经烦透了意大利人和德鲁兹人，还有在全国铺满了铁路和制冷厂的英国资本家。也就是昨天，他进了铁杆球迷披萨店，首先看到的就是一个意大利人。

"您讨厌的是意大利男人还是意大利女人？"

"既不是意大利男人，也不是意大利女人。"莫利纳里淡淡说道，"伊西德罗先生，我杀了一个人。"

"他们说我也杀了一个人，可是我还在这里。你别紧张。

德鲁兹人的事很复杂，不过如果您没有被第十八警察局的某个书记员当作眼中钉，也许您还有救。"

莫利纳里惊讶地看着他。随后他想起来，自己的名字已经被一家极不负责任的报纸与伊本·赫勒敦别墅的谜案扯到一起，那家报纸与活跃的《科尔多内日报》不同，他曾为后者写过一些有关风雅体育活动和足球运动的文章。他想起来，帕罗迪依然思维敏捷，受益于自己的机敏和副警察局长格龙多纳的放任，他总是清醒地审阅每天的午报。实际上，伊西德罗先生的确知晓伊本·赫勒敦最近死亡的消息。尽管如此，他还是要求莫利纳里给他讲讲情况，不过别说得太快，因为他的听力已经有些迟钝。莫利纳里几乎平静地讲述了来龙去脉：

"相信我，我是个现代青年，是我这个时代的人。我有我的经历，我也喜欢思考。我知道我们已经超越了物质主义阶段。圣餐仪式和圣体大会的人头攒动给我留下了不可磨灭的印记。就像您之前说的，而且请您相信我，您的话不是对牛弹琴，必须澄清隐情。您看，托钵僧和瑜伽信徒通过呼吸练习和大棒，洞悉了一部分事情。我是天主教徒，拒绝了'荣誉与祖国'灵修中心，不过我知道，德鲁兹人构成一个进步的集体，他们比很多每周日都去做弥撒的人更接近奥秘。眼下伊本·赫勒敦博士在马齐尼镇有幢别墅，里面有个非同寻常的书房。我是植树节那天在凤凰电台认识他的。他发表了一篇很有见地的演说。他喜欢我写的一篇短文，是有人寄给他的。他带我到他家，借一些严肃的书给我，邀请我参加在他别墅里举行的聚会。那里缺少女性成员，但我向您保证，那可是文化盛事。有些人说他们信偶像，不过在会堂里有头金属牛，比一辆有轨电车都值钱。阿基尔们，也就是新入会的成员们，每星期五都聚集在牛像的周围。很早以前伊本·赫勒敦博士就想让我入会。我不能拒绝，与他交好对我有好处，人不能只靠面包活着。德鲁兹人非常保守，不相信一个西方人有资格入会。别人不说吧，就说阿布-哈桑，他拥有一批运输冷冻肉的卡车，提醒说信徒的人数是固定的，而接受皈依者不合规定。司库伊兹丁对此也表示反对。可他是个可怜人，整天埋头书写，他和他的那些书受尽了伊本·赫勒敦博士的嘲笑。尽管如此，那些固守陈规旧俗的反对派继续暗中破坏。我毫不犹豫地断言，是他们间接导致了全部的过错。

"八月十一日，我接到伊本·赫勒敦的一封信，告诉我十四日有一场有难度的考验，我得做好准备。"

"您得怎么准备呢？"帕罗迪打探道。

"就像您知道的，我三天里只喝茶，按《布里斯托尔历书》中的顺序学习黄道十二宫。我向上午上班的卫生所请了病假。仪式是在星期日而不是在星期五举行，这一点一开始让我十分惊讶。不过来信解释说，一个如此重要的考验，更适合在礼拜日举行。我必须在午夜前到达别墅。星期五和星期六我过得非常平静，可是星期日早晨我醒来时很紧张。您看，伊西德罗先生，我现在想，我当时肯定已经预感到了将要发生的事情。不过我没有放松，整天都在看书。真有意思，我每五分钟看一次钟表，看看是否能再喝一杯茶。我不知道为什么要看钟表，不管怎么说，我都得喝茶，我的嗓子干了，需要水。我特别期待考验的时间到来，可是到雷蒂罗火车站时已经晚了，没有乘上前一趟列车，只能乘二十三点十八分的慢车。

"尽管我已经准备得十分充分，在列车上我还是继续研究历书。几个白痴在争论百万富翁队对查卡利塔少年队的胜利，让我厌烦，请相信我，他们对足球连一知半解都算不上。我在贝尔格拉诺站下了车。别墅距离火车站十三个街区。我想走着去会让我精神爽利，可是却把自己累得半死。于是我按照伊本·赫勒敦的指示，从罗塞蒂大街的杂货店给他打了电话。

"别墅前停着一排车，别墅的灯火比守灵时还多，从远处就可以听到嘈杂的人声。伊本·赫勒敦在大门前等着我。我发现他老了。我原来总是在白天见到他。最近的那个晚上，我才发现他有点儿像留了胡须的雷佩托[1]。就像是俗话说的命运在开玩笑：那天晚上，我为考验紧张得发疯，却注意到了这个细节。我们沿着环绕别墅的砖路走，从侧门进去。伊兹丁就在文书处，在档案室旁边。"

"我被收入档案已经十四年了，"伊西德罗先生温和地说道，"可是我并不知道那个档案室。给我描述一下那个地方。"

"您看，很简单。文书处在上层，有个楼梯直接下到会堂。德鲁兹人就在会堂里，约有一百五十人，他们都蒙面，

---

1 Nicholás Repetto（1871—1965），阿根廷政治家，曾任阿根廷社会党主席。

穿白袍，守护在金属牛像周围。档案室是紧挨着文书处的一个小房间，是个内室。我总是说，一个没有像样窗户的地方，时间长了对健康不利。您同意我的看法吗？"

"别提了。自从我在北边安顿下来后，我对闷罐子已经受够了。给我说一下文书处的情况。"

"那是个大房间。有张栎木写字台，上面有台'好利获得'打字机；有几把非常舒服的大扶手椅，坐在上面身子会陷进去，只露出头；一只土耳其水烟袋，虽然已经烂了一半，但还是值一大笔钱呢；一盏水晶吊灯；一块波斯地毯，未来派的；一个拿破仑半身像；一个书柜，都是严肃作品：切萨雷·坎图[1]的《通史》，《世界与人类的奇迹》，《世界名著文库》，《理性报》年刊，佩卢福的《园丁》（插图版），《青年宝库》，龙勃罗梭的《犯罪的妇女》，等等。

"伊兹丁很紧张。我马上发现了原因：他重拾了他的文学。桌上有一大堆书。博士挂心我的考验，想把伊兹丁打发走。他对伊兹丁说：

1　Cesare Cantù（1807—1895），意大利作家、历史学家。

"'放心吧，今天晚上我会读您的书的。'

"我不知道伊兹丁相不相信，反正他穿上白袍，到会堂去了，连看都没看我一眼。

"就剩下我们俩时，伊本·赫勒敦博士问我：

"'你虔诚地斋戒了吗？你掌握世界十二宫了吗？'

"我向他保证说，从星期四十点开始我只喝了茶（那天晚上，在几个嗅觉极其灵敏的虎视眈眈的人的陪伴下，我在必需品供应市场吃了清淡的炖牛肚和一块烤火腿）。

"随后伊本·赫勒敦博士又要求我给他背诵一下十二宫的名称。我给他背了一遍，一个都没错。他让我把那个名录再重复五六遍。最后他对我说：

"'我看你已经按照要求做了。尽管如此，如果你不够勤奋和勇敢，也无济于事。而你已向我证明，你可以成功。我决定不理睬那些质疑你能力的人，只让你接受一个考验，一个最无处借力又最困难的考验。三十年前，在黎巴嫩的山峰上，我已经幸运地通过了考验。不过在那以前师父们让我接受了另外一些比较容易的考验：我找到了一枚海底的硬币、一片由空气构成的森林、一个位于地球中心的圣杯、一条被打入地狱的箭鱼。你不需要去寻找四件神奇的物品，你要找的是以四方阵守护神灵的四位大师。现在，他们围绕在金属牛像的周围，被赋予了神圣的使命。他们和他们的兄弟阿基尔一起祈祷，他们都和阿基尔一样蒙面，没有任何区别，可是你的心灵能够辨认出他们。我命令你把优素福带来，你想象着星宫的确切顺序，下到会堂去。当你数到最后一个宫，也就是双鱼宫时，再回到第一个宫，也就是白羊宫，就这样循环往复。你要在阿基尔周围转三圈，如果你没有打乱星宫顺序的话，你的脚步将把你带向优素福。你将对他说伊本·赫勒敦召唤他。把他带来。随后我会命令你带第二个大师来，然后是第三个、第四个。'

"好在我已经把《布里斯托尔历书》读了又读，十二宫已经刻在我脑子里了。可是只要有人对你说不要弄错了，就足以让你害怕自己真的弄错。我没有胆怯，我向您保证，可是我有种预感。伊本·赫勒敦拉着我的手，对我说，他的祈祷将陪伴我。我从通向会堂的楼梯下去，脑子里全是那些星宫，而那些白色的后背，那些低垂的脑袋，那些光滑的面具，还有那头我从未从近处看过的圣牛，都令我不安。尽管如此，我还是顺利地转了三圈，来到一个全身包裹的人后面，我觉得他与其他人没什么不同。不过由于我脑中想着黄道十二宫，没有多加思索就对他说：'伊本·赫勒敦召唤你。'那个人跟着我，而我一直想着星宫，我们上了楼梯，进了文书处。伊本·赫勒敦正在祈祷，他让优素福进了档案室，几乎是立即转过身来对我说：'现在叫易卜拉欣来。'我又回到会堂，转了三圈，站在另一个全身包裹的人后面，对他说：'伊本·赫勒敦召唤你。'我和他一起回到文书处。"

"停一下，朋友，"帕罗迪说，"您肯定您转圈的时候没有任何人从文书处出去吗？"

"您看，我向您保证没有人出去。虽然我特别关注星宫以及有关的一切，但我没那么笨。我的眼睛一直没有离开那扇门。您放心，没人进去也没人出来。

"伊本·赫勒敦挽着易卜拉欣的胳膊，带他进了档案室，随后他对我说：'现在带伊兹丁来。'蹊跷的是，伊西德罗先生，前两次我都很自信，这次我胆怯了。我下去了，围着德鲁兹人转了三圈，和伊兹丁一起回来。我已经疲惫之极：在楼梯上我眼前一黑，是肾脏的原因。我觉得一切都很陌生，甚至我的同伴。而伊本·赫勒敦本人，十分信任我，以至于不再祈祷，而是玩起了纸牌接龙。现在他把伊兹丁带进档案室，又像父亲般地对我说：

"'这个任务令你疲惫了。我要去寻找第四个入会者，贾利勒。'

"疲惫是注意力的敌人，不过伊本·赫勒敦刚一出去，我就紧靠着楼梯扶手，开始窥视他。他非常平稳地转了三个圈，抓着贾利勒的一只胳膊，把他带了上来。我已经对您说过，通向档案室的只有文书处的那扇门。伊本·赫勒敦和贾利勒就是从那扇门进去的，接着他又和四个全身包得严严实实的德鲁兹人出来。他对我划了个十字，因为他们都是非常虔诚的人。随后他用地道的阿根廷语对那几个人说，让他们把面具摘下来。您会认为我纯粹是瞎说，可他们就在那儿：伊兹丁，是个外国人面孔；贾利勒，拉福马尔商店的副主管；优素福，那个说话带鼻音的人的小叔子；还有易卜拉欣，惨白得像个死人，留着大胡子，您知道，他是伊本·赫勒敦的好伙伴。楼下有一百五十个一模一样的德鲁兹人，而四个大师真的在这儿！

"伊本·赫勒敦博士几乎要拥抱我，可是其他人罔顾事实，内心被迷信和征兆蒙蔽，不肯就范，他们操着德鲁兹人的语言向伊本·赫勒敦抱怨。可怜的伊本·赫勒敦想说服他们，可最后他只得让步。他说将要再次考验我，增加难度，而且所有人的性命，也许甚至世界的命运，都悬于一线。他接着说道：

"'我们将用这块布蒙住你的眼睛，把这根长竹竿放在你右手里，而我们每个人都会隐藏在这所房子或花园的某个角落里。你在这里一直等到钟敲十二点。然后你在星宫的指引下，陆续找到我们。这些星宫掌控着世界。在考验进行时，我们将星宫的运行交给你：宇宙将在你的掌握之中。如果你没有改变黄道十二宫的顺序，我们的命运和世界的命运将会在预定的轨道上运行。如果你想错了，如果你在天秤宫后想到的是狮子宫而不是天蝎宫，你要找的大师就会死去，世界就会受到空气、水和火的威胁。'

"大家都称是，只有伊兹丁除外，他吃了很多大腊肠，眼睛都睁不开了。他心神不定，离开的时候向所有人一个一个地伸出了手，这可前所未见。

"他们给了我一根竹竿，让我蒙上了眼罩，然后离开了。只剩下我一个人。我是多么焦虑：我想着星宫，没有改变它们的顺序，等待着那始终未敲响的钟声。我想到钟声将要敲响，而我将在那幢房子里游荡就充满了恐惧，而那房子也陡然间变得无穷无尽而又陌生。我不由自主地想到楼梯，想到楼梯之间的平台，想到沿途的家具，想到地窖，想到院子，想到天窗，等等。我开始听到一切：花园里的树枝，楼上的脚步，正在离开别墅的德鲁兹人，老阿卜杜勒-马利克的伊索塔发动的声音：您知道，它是抽奖赢来的。总之，大家都离开了，只有我只身留在那幢大房子里，还有那些谁知道藏在哪里的德鲁兹人。随它去吧。钟声响起时，我吓了一跳。我拿着竹竿出去了，我一个年轻小伙子，精力充沛，走起路却像个残疾人，像个盲人，您明白我的意思。我随即向左拐，因为那个说话带鼻音的人的小叔子很机敏，我猜想会在桌子下面找到他。我一直清晰地想着天秤宫、天蝎宫、人马宫和所有那些星宫。我忘记了楼梯间的第一个平台，跌跌撞撞地下了楼。随后我进了冬季花园。突然我迷路了。我找不到门也找不到墙。也真是，三天里只喝茶，而且拼命用脑。我尽全力控制着局面，拐向送饭菜上下楼的升降机一侧。我怀疑有人躲在煤炭堆里。可是那些德鲁兹人无论受多少教育，也没有我们克里奥尔人那么机敏。于是我又转向会堂。一张三条腿的小桌子把我绊倒了，是一些仍然相信招魂术的德鲁兹人使用的，仿佛他们还生活在中世纪。我觉得油画上的所有眼睛都注视着我——您也许会笑，我的妹妹总是说我有点儿像疯子，又有点像诗人。不过我并没有麻木，接着就发现了伊本·赫勒敦。我向他伸出胳膊，他就在那儿。我们没费多大劲就找到了楼梯，它在比我想象得要近得多的地方，我们终于进了文书室。一路上，我们俩没说一句话。我专心想着星宫。我离开他，出去找别的德鲁兹人。这时我听到一阵被压抑的笑声。我第一次有所怀疑，想到他们可能是在嘲笑我。接着我又听到一声喊叫。我可以发誓我没有弄错星宫。不过我先是生气，后是惊奇，也许确实弄混了。我从不否认事实。我转过身，用竹竿试探着进了文书处。地上有点儿什么东西绊了我一下，我弯下身去。我的手摸到了头发。我摸到一个鼻子和几只眼睛。不知不觉中，我揭开了眼罩。

"伊本·赫勒敦躺在地毯上，嘴上全是口水和血。我摸了他一下，还有点儿热气，不过已经死了。房间里没有任何人。我看了一下竹竿，它已经从我手里掉下去了，竹竿头上有血迹。那个时候我才明白，我把他杀了。当我听到笑声和喊叫声时，一定是一时慌乱，改变了星宫的顺序。这慌乱让一个人失去了生命，也许是四位大师的生命……我把身子探出走廊，呼唤他们。没人应答。我吓坏了，从侧门跑了出去，嘴里低声重复着白羊宫、金牛宫、双子宫，以免天塌下来。虽然那个别墅有四分之三街区那么大，但我马上到了围墙边。图利多·费拉罗蒂总是对我说，我将来会成为出色的中跑运动员。可是那天晚上我展现出了跳高的潜力。我一跃而起，跃过那道几乎有两米高的围墙。我从沟里站起来，拍掉粘在身上各处的瓶子碎片，被烟呛得咳嗽起来。别墅里冒出一股像褥子毛一样又黑又浓的烟。我虽然没有经过训练，可跑出了最好的水平。跑到罗塞蒂大街时，我转过身来：天空中出现了一道像五月二十五日[1]那样的光亮，别墅燃烧起来。这说明星宫的改变意义非凡！一想到这点，我的嘴就变得比鹦鹉

的舌头还干。我看到角落里有个警察，就向后退去。随后我钻进一片偏僻的空地，是让首都丢脸的那种地方。我向您保证，我像个阿根廷人似的遭罪。有几只狗把我弄得晕头转向，只要有一只叫，所有附近的狗都会叫得震耳欲聋。在西区这种偏僻的地方，走在路上没有安全可言，也没有任何形式的保障。忽然我平静下来，因为我看到我已经到了查尔洛内大街，一伙倒霉家伙在一家杂货店里，开始念叨'白羊宫，金牛宫'，并且嘴里发出很难听的声音。可我并没有理会他们，扬长而去。您会相信我直到此时才意识到我一直在高声重复着星宫吗？我又迷路了。您知道在那种街区里，人们无视城市规划的基本原则，街道乱得像迷宫似的。我甚至没想过要乘什么车回家；我到家时鞋已经破得不成样子了，当时已是垃圾工上班的时刻。那天凌晨，我累得病倒了。我觉得自己发烧了。我躺到床上，不过我决定不睡觉，以免一时忘掉星宫。

"中午十二点，我向报社和卫生所请了病假。这时我的邻居，布兰卡托的一位旅行推销员进来，他坚持把我带到他的房间吃意大利面。我对您实话实说：我开始感觉好些了。我的朋友见多识广，开了一瓶本土的麝香葡萄酒。不过我无心长聊，借口说番茄酱让我昏昏沉沉的，回到自己的房间。我全天没有出门。尽管如此，由于我并非隐士，而且我还担心前一晚的事情，便让女房东给我拿来一份《消息报》。我甚至没有浏览体育版面，全神贯注地看起了警情报道专栏，看到了那场灾难的照片：凌晨零点二十三分，在伊本·赫勒敦博士位于马齐尼镇的别墅里发生了大规模的火灾。尽管消防队奋力扑救，别墅还是成了一片火场，而别墅的主人，叙利亚黎巴嫩团体的杰出成员伊本·赫勒敦博士也在火灾中丧生。他曾是油毡替代品进口的伟大先驱之一。我毛骨悚然。包迪索内写报道时总是不够仔细，在文中犯了几个错误。例如他一点儿也没提到宗教仪式，说那天晚上聚集在一起是为了诵读会议记录并进行换届选举。火灾发生前不久，贾利勒、优素福和易卜拉欣先生已经离开了别墅。他们说直到二十四点，他们还在与死者友好地交谈，后者生龙活虎，完全没有预料到自己将在一场悲剧中丧生，他那典型的西区别墅也将付之一炬。那场大火的起因还有待查明。

"我并不惧怕工作，可是从那个时候起，我就再也没有去报社和卫生所了。我情绪低落。两天之后，一位非常和蔼的先生来找我，他询问我愿不愿意凑份子为布卡雷利大街木材库的职工食堂购买刷子和拖把，后来又转变了话题，谈到外国团体，他对叙利亚黎巴嫩团体特别感兴趣。他犹犹豫豫地保证说他还会再来。可是他以后没有来过。相反，有个陌生人在街角安顿下来，并非常隐蔽地跟踪我。我知道您不受制于警察或任何人。救救我吧，伊西德罗先生，我已经绝望了。"

"我不是巫师，也不是斋戒之人，不过我并不拒绝帮您一把。但有个条件。您得答应对我言听计从。"

"听您的，伊西德罗先生。"

"很好。咱们马上开始。你把历书的星宫按顺序说一遍。"

"白羊宫，金牛宫，双子宫，巨蟹宫，狮子宫，室女宫，天秤宫，天蝎宫，人马宫，摩羯宫，宝瓶宫，双鱼宫。"

"很好，现在你反着说。"

莫利纳里面色苍白，结结巴巴地说：

"宫羊白，宫牛金……"

"不是这样说。我的意思是改变一下顺序，让你随便说。"

"改变顺序？您没有听懂我的故事，伊西德罗先生，万万使不得……"

"不行？就说第一个、最后一个和倒数第二个。"

莫利纳里心惊胆战地听从了。接着他看着周围。

"好，现在你脑子里已经没有那些胡乱的念头了。你回到报社去，不要沮丧。"

莫利纳里一言不发，仿佛受到救赎，惶恐不安地出了监狱。外面，还有一个人在等着。

二

过了一个星期，莫利纳里承认，他不能再等了，还得再去监狱。尽管如此，想到要再见到帕罗迪，他感觉心烦意乱，帕罗迪看透了他的自负和可怜的轻信。一个像他这样的现代人竟被几个具有狂热信仰的外国人蒙骗了！那个和蔼的先生也出现得更频繁、更阴险了。他不仅谈论叙利亚黎巴嫩人，还谈论黎巴嫩的德鲁兹人。对话又增加了新的话题，例如一八一三年废除酷刑审讯制度，调查处最近从不来梅州进口的高压电棒的好处等。

一个下雨的早晨，莫利纳里在亨伯特一世大街街角乘公共汽车。他在巴勒莫下车时，那个陌生人也下了车，后者的伪装已经从眼镜变成了黄胡子……

帕罗迪一如既往地冷淡地接待了他。他谨慎地避免提及马齐尼镇别墅的谜团，而是谈起一个对纸牌了如指掌的人可以做些什么事，这也是他的老话题。他回忆起林赛·里瓦罗拉的教学，他在受到一记椅子击打的时候，正从袖子里的一个特殊装置里抽出第二张剑花[1]A。为了辅助说明，他从一个箱子里拿出一把油乎乎的纸牌，让莫利纳里洗牌，又让他把牌摊在桌面上，牌面朝下，并对他说：

"朋友，您是位巫师，给我这个可怜的老人一张金杯花[2]四。"

莫利纳里结结巴巴地说：

"我从来没自称是巫师，先生……您知道，我已经和那些狂热信徒断绝了所有关系。"

"你已经断绝了关系，你也已经洗了牌，马上给我金杯花四。你不要害怕，就是你要抓的第一张牌。"

1　西班牙纸牌的花色之一，相当于扑克牌的黑桃。
2　西班牙纸牌的花色之一，相当于扑克牌的红心。

莫利纳里颤抖着伸出了手，随便拿起一张牌递给帕罗迪。

帕罗迪看了牌，说道：

"你很厉害。现在你再给我拿剑花十。"

莫利纳里又拿了一张牌，递给他。

"现在拿棒花[1]七。"

莫利纳里给他一张牌。

"这个练习令你疲惫。我将替你拿最后一张牌，就是金杯花王。"

帕罗迪随便拿了一张牌，把它和前面那三张牌放在一起。随后他让莫利纳里把牌翻过来。那四张牌正是金杯花王，棒花七，剑花十和金杯花四。

"不用把眼睛睁得那么大，"帕罗迪说，"在所有这些完全一样的牌里，做了标记的只有我跟你要的第一张，可那并不是你给我的第一张。我跟你要了金杯花四，你给了我剑花十。我跟你要剑花十，你给了我棒花七。我跟你要棒花七，你给了我金杯花王。我对你说你累了，我替你拿第四张牌，金杯

1　西班牙纸牌的花色之一，相当于扑克牌的梅花。

花王。实际上我抽出了金杯花四，上面有这些小黑点。

"伊本·赫勒敦也做了同样事情。他让你去找一号德鲁兹人，你给他带来了二号。他让你去把二号带来，你带来了三号。他让你去带三号，你给他带来了四号。他说他要去找四号，而他带来了一号。一号是易卜拉欣，是他的亲密朋友。伊本·赫勒敦可以在很多人中认出他来……和外国人混在一起就是这个下场。你对我说过，德鲁兹人是非常封闭的。你说的没错，而所有人中最封闭的人就是那个首领伊本·赫勒敦。其他人只需奚落一个阿根廷人就够了，他还想以此取乐。他让你星期日去，而你自己对我说，星期五是他们做弥撒的日子。为了让你紧张，他让你三天只喝茶，还要看《布里斯托尔历书》。此外他还让你走了不知多少个街区，并把你推向一群全身包得严严实实的德鲁兹人，上演一出闹剧。好像还怕你不够慌乱，他又发明了历书星宫的事情。他说说笑笑，并没有（也从来没有）检查伊兹丁的账簿，你进去的时候他们正在对账，你却以为他们在谈论小说和诗歌。谁知道那个司库做了什么手脚呢？事实就是伊兹丁杀死了伊本·赫勒敦，烧了别墅，为的就是不让任何人看到账簿。他向你们告别，与你们握手——这前所未有——为的就是让你们以为他已经走了。他躲藏在附近，等待其他人离开，大家的玩笑已经开够了，而你正拄着竹竿戴着眼罩寻找伊本·赫勒敦，他则回到了文书处。你带老家伙回来时，两个人为看到你像个瞎子似的走路而笑起来。你去寻找第二个德鲁兹人，伊本·赫勒敦就跟着你，为了让你再找到他，让你跌跌撞撞地走四个来回，带回的却是同一个人。这时伊兹丁在伊本·赫勒敦背上扎了一刀，于是你听到一声喊叫。你回到房间时，伊兹丁已经跑了，还把账簿点着了。接着，为了掩盖账簿消失的事情，他把别墅点燃了。"

一九四一年十二月二十七日，普哈托

戈利亚德金的四个夜晚

纪念"好小偷"[1]

一

赫瓦西奥·蒙特内格罗——高个子，尊贵，浪漫的侧脸，直直的染了色的小胡子——带着一种疲惫的优雅上了警车，听凭警车向监狱voiturer[2]。他处在一种矛盾的处境：全部十四个省的众多晚报读者为如此知名的演员被指控犯下抢劫和谋杀罪而愤怒；众多晚报读者知道赫瓦西奥·蒙特内格罗是个知名的演员，是因为他被指控犯下抢劫和谋杀罪。这一令人惊叹的混淆是阿基莱斯·莫利纳里的独家作品，他是位精明的记者，澄清伊本·赫勒敦谜团为他带来了很高的声望。也正是因为他，狱警才批准了赫瓦西奥·蒙特内格罗这次打破常规的监狱探访：在二七三号单人牢房里关押着伊西德罗·帕罗迪，一位坐室办案的侦探，莫利纳里（以一种骗不了人的慷慨）把所有胜利都归功于他。蒙特内格罗生性多疑，他对这个侦探心存疑虑，后者昨天曾是墨西哥大街上的理发师，今天却成了编了号的囚徒。此外，他的心灵像斯特拉迪瓦里小提琴一样敏感，为这次兆头不祥的探访而紧张。尽管如此，他还是听从了劝告，他知道不应该与阿基莱斯·莫利纳里作对。以他自己有力的话来说，阿基莱斯·莫利纳里代表着第四权力[3]。

帕罗迪眼皮都没抬接待了这位名演员。他缓慢却利索地在一个天蓝色小罐里泡上马黛茶。蒙特内格罗准备好要笑纳。帕罗迪也许是束于羞怯，并没有把马黛茶端给他。蒙特内格罗为了让他自在点，拍了拍他的肩膀，从小板凳上的一包卓越牌香烟里拿出一支点燃。

---

1 参见《圣经·新约·路加福音》第二十三章第三十九至四十三节。
2 法文，运送，驶去。
3 指媒体在社会中的地位与力量。

"您提前到了，蒙特内格罗先生。我知道您为何而来。是为了钻石那件事。"

"可见，这坚固的围墙对于我的名声来说并不是障碍。"蒙特内格罗赶紧评论。

"随您怎么说吧，没有什么地方能比这里更清楚阿根廷发生的大事小事了：上至一个少将的小偷小摸，下至电台最倒霉的家伙所做的文化节目。"

"我与您一样厌恶电台。就像玛格丽塔——玛格丽塔·希尔古[1]，您知道——一直对我说的那样，我们这些在血液里就与舞台密不可分的艺术家，需要观众的热情。话筒是冰冷的，不自然的。面对这个令人生厌的人造装置，我感到无法与观众交流感情。"

"我要是您，就不会在乎什么装置或交流。我读了莫利纳里的豆腐块儿。那个小伙子文笔不错，可是那么多的词藻、那么多的人物形象，最后一团乱。您为什么不按照您的方式给我说说，别做任何修饰？我喜欢听大白话。"

---

1 Marguerita Xirgu（1888—1969），西班牙女演员，因出演加西亚·洛尔卡的作品而著名。

"我同意。并且，我能够满足您的要求。明晰是拉美人的特权。尽管如此，您还得允许我为某个可能会连累到的最上流社会的贵夫人蒙上一层面纱，她来自拉基亚卡——您知道，在那里也还是有好人的。Laissez faire, laissez passer.[1] 当务之急就是不要玷污那位夫人的名字，她对所有人来说都是沙龙里的天仙，而对于我来说，她是天仙和天使。这个当务之急迫使我中断在印第安美洲各共和国的胜利巡游。总之，我是布宜诺斯艾利斯人，我本来就不无思乡感伤地期待回家的时刻，但我从来没有想到形势会急转直下，演变为刑事案件。实际上，我刚到雷蒂罗火车站，他们就把我逮捕了，现在又指控我犯下一项抢劫罪和两项谋杀罪。作为 accueil[2] 的升级礼遇，那些臭警察还抢走了我在几小时前跨越特塞罗河时，在古怪情形中得到的一件寻常珠宝。Bref[3]，我厌恶空洞的转弯抹角，我会 ab initio[4] 讲这个故事，也不排除顺便表现一下这

---

1 法文，随它去吧，行了。
2 法文，接待。
3 法文，总之。
4 拉丁文，从头开始。

出现代闹剧无疑蕴含的强烈讽刺意义。我还会捎带上风景画家的笔触，加点儿色调。

"一月七日，早晨四点十四分，打扮得像玻利维亚塔佩人的我从莫科科上了泛美号火车，巧妙地躲避众多笨拙的追随者——这得靠本事，我可爱的朋友。我慷慨地分发了一些有亲笔签名的自画像，即使不能消除也可以减轻火车雇员的怀疑。他们给我安排了一个包厢，我只得和一个陌生人共处一室。他的外表明显是犹太人。我的到来吵醒了他。后来我得知这个外来人叫戈利亚德金，做倒卖钻石的生意。谁会料到在这列火车上偶遇的阴郁犹太人会让我卷入一场无法破解的悲剧！

"第二天，面对某个卡尔查基[1]厨师长的英勇 capo lavoro[2]，我温文尔雅地审视占据着行驶中的列车这一狭小宇宙的人类群体。我的细心审视首先——cherchez la femme[3]——从一个有趣的侧影开始，这个侧影即使在晚上八点的佛罗里

---

1 居住在阿根廷西北部和智利北部的印第安人。
2 意大利文，杰作。
3 法文，找女人。

达大街，也值得男人行注目礼。在这方面我不会看走眼。很快我就证实那是位来自异国他乡的女人，非同一般：是普芬道夫-迪韦努瓦男爵夫人，一个成熟的女人，没有女学生那种可怕的乏味，是我们时代里不寻常的样本，一副被草地网球塑造而成的纤细身材，一张平平无奇的面孔，因乳霜和化妆品的加持而略显姿色，简言之，修长使她高贵、沉默使她风雅。尽管如此，她有个 faible[1]：与共产主义调情，这在一个真正的迪韦努瓦身上是不可饶恕的。起初她引起了我的兴趣，可是后来我明白了，她妩媚诱人的虚饰后面隐藏着平庸的灵魂，于是我要求可怜的戈利亚德金先生代替我。她像女人一贯的那样，装着没有察觉到这一变化。尽管如此，我无意间听到了男爵夫人与另一位旅客——得克萨斯的某位哈拉普上校——的对话，她在对话里使用了'白痴'这个形容词，无疑指的是可怜的戈利亚德金先生。我再来描述一下戈利亚德金：他是俄国人，是个犹太人，他在我记忆的感光板留下的印象不深。他的头发偏金色，身体健壮，眼睛惶恐，他明白

---

1 法文，弱点。

自己的身份，总是抢着为我开门。相反，要想忘记那位蓄着大胡子而且中风过的哈拉普上校是不可能的，尽管我希望如此。他身上明显的粗俗体现出某个国家的无比膨胀，但无视一切细微差别，一切 nuances[1]，甚至还不如那不勒斯一家小餐馆里最糟糕的无赖，而那种洞察力正是拉美人的特征。"

"我不关心那不勒斯在哪儿，可是如果没人为您解开谜团，您就坐等维苏威火山爆发吧，我也无话可说。"

"我羡慕您本笃会修士般的隐士生活，帕罗迪先生，可我一生漂泊不定，我曾在巴利阿里群岛寻找光明，在布林迪西找寻色彩，在巴黎体会优雅的罪恶。我也曾像勒南[2]那样在雅典卫城虔诚祈祷。我四处挤压生命的汁液……言归正传。在普尔曼式列车上，那个可怜的戈利亚德金，那个注定要遭到迫害的犹太人，忍气吞声地承受着男爵夫人无休止且令人疲惫的唇枪舌剑，我则像雅典人一般悠闲地与来自卡塔马卡省[3]

---

1 法文，细微差别。
2 Joseph Ernest Renan (1823—1892)，法国哲学家、历史学家和神学家，出生于法国农民家庭，曾在家乡的一所神学院学习。一场信仰危机导致他于1845年背弃天主教。
3 位于阿根廷东北部。

的年轻诗人比维罗尼一起谈论诗歌和各省的情况。现在我承认，起初这位曾获伏尔坎厨具大奖的青年诗人黝黑、甚至可以说是乌黑的脸庞难以让我心生好感。他那夹鼻眼镜，夹式领结和乳白色手套，让我以为自己面前是萨米恩托[1]送来的无数教育家中的一位，要求萨米恩托这样的天才先知做出凡夫俗子的平庸预见未免也太荒谬了。尽管如此，他兴致勃勃地听我一挥而就的八行诗的样子向我表明，他是我们青年文学最有前途的人才之一，作那首诗时，我在连结了哈拉米的现代蔗糖厂与菲奥拉万蒂[2]为纪念国旗而雕刻的巨型石像的列车上。比维罗尼并非那种第一次 tête-à-tête[3] 就用他的劣作折磨我们的令人无法忍受的蹩脚诗人。他是个学者，是个低调的人，不会浪费在大师面前缄口的机会。随后我念诵我写的何塞·马蒂[4]赞歌的第一首供他消遣。可是快念到第十一首的时

---

1 Domingo Faustino Sarmiento（1811—1888），阿根廷教育家、政治家、作家。他从一个乡村老师逐步上升为阿根廷第一位平民总统。

2 José Fioravanti（1896—1977），阿根廷雕塑家。此句中提及的国旗纪念碑位于罗萨里奥市。

3 法文，单独谈话。

4 José Julián Martí Pérez（1853—1895），古巴诗人、散文家、爱国主义者和烈士。

候，我就不得不剥夺自己这种快乐了：男爵夫人无休止的说教让戈利亚德金厌烦，而这倦意通过一种有趣的心理感应影响了我那来自卡塔马卡省的听众，这种情况我已多次在其他病人身上见过。我以一种众所周知的坦率——那是上流社会人士的apanage[1]，毫不迟疑地采取了激烈行动。我摇晃他，直到他睁开眼睛。那个mésaventure[2]之后，谈话的氛围就不热络了。为了提高兴致，我就谈到了上等烟草。我猜对了。比维罗尼立即情绪高涨。他翻遍了皮夹克的内兜，拿出了一支产自汉堡的雪茄，不过他没有贸然把烟给我，说他买来是为了晚间在包厢里抽的。我明白了这个并无恶意的托辞，迅速地拿过了雪茄，并且马上把烟点燃了。某个痛苦的回忆划过年轻人的脑海，至少作为一个自信的面相鉴定家，我是这样理解的。我舒服地坐在座椅上，吞吐着蓝色的烟圈，请他讲讲他的得意之时。那张有趣的、黝黑的面孔放起光来。我听着文人的老一套故事：他曾经与中产阶级的不理解斗争过，曾经背负着妄想穿越生活的波涛。比维罗尼的家庭研究山区

---

1 法文，特权。
2 法文，不幸事件。

药典多年后，终于越过卡塔马卡的边界，一直来到班卡拉里[1]。诗人在那儿出生了。他的第一个老师是大自然：一方面是父亲庄园里的豆角，另一方面是毗邻的鸡窝。在没有月亮的夜晚，这个孩子不止一次到访鸡窝，带着钓……鸡的长竿。在二十四公里外的小学完成扎实的学习后，诗人又回到了耕地。他熟悉农耕那有益而阳刚的辛劳，它比任何空洞的掌声都更有价值，直到伏尔坎厨具公司凭借出色的眼力发现了他，他的书《卡塔马卡人——乡村生活的回忆》摘得桂冠，这笔奖金使他亲近了他曾经如此倾情讴歌的乡村。现在，他带着丰富的浪漫诗歌和村夫谣，又回到了故乡班卡拉里。

"我们去了餐车。那个可怜的戈利亚德金不得不和男爵夫人坐在一起，而在同一张桌子的对面，坐着布朗神父和我。神父的外貌并不特别：栗色的头发，圆而平淡的脸庞。而我却不乏羡慕地看着他。我们这些人，不幸失去了支撑着煤炭工和孩童的信仰，却还没有在冰冷的智慧中找到赋予教会里芸芸众生的良厚慰藉。毕竟，我们这个世纪，如同一个 blasé[2]

1　阿根廷布宜诺斯艾利斯的北郊。
2　法文，麻木的，厌倦的。

而白发苍苍的孩子，有多少该归功于阿纳托尔·法朗士[1]和胡利奥·丹塔斯[2]深刻的怀疑论呢？我们所有人，我尊敬的帕罗迪，可能都缺一剂天真简单之药。

"我非常模糊地记得那天下午的谈话。男爵夫人借口天气太热，不停地敞开领口，并拥抱戈利亚德金——所有这些都是为了刺激我。戈利亚德金不太习惯这种举止，徒劳地躲避着身体接触，而且他也明白自己扮演的难堪角色，紧张地谈论着谁也不感兴趣的话题，例如将来钻石行情会下跌，假钻石无论如何也代替不了真钻石，以及 boutique[3] 里的其他事宜。布朗神父似乎忘记了豪华列车的餐车与礼拜会众齐聚的会堂之间有什么不同，不断重复着似是而非的言论，什么要拯救灵魂需先失去灵魂：神学家的拜占庭主义使明晰的《福音书》变得晦涩难懂。

"Noblesse oblige[4]：要是再不理会男爵夫人充满挑逗的邀

1　Anatole France（1844—1924），法国作家、文学评论家、社会活动家。

2　Julio Dantas（1876—1962），葡萄牙医生、诗人和戏剧家。

3　法文，商店。

4　法文，位高则任重。

请，我就显得太不近人情了。就在那天晚上，我蹑手蹑脚地走近她的包厢，蹲着将浮想联翩的脑袋贴在门上，眼睛对着锁眼，哼唱起《我的朋友皮埃罗》。我正沉浸在人生鏖战中难得的休战期，却被古板陈腐、清心寡欲的哈拉普上校搅扰了。实际上，这个大胡子老头，美西战争的老古董，抓着我的肩膀，把我举到一个可观的高度，丢到男士卫生间门前。我立刻做出反应：进了卫生间，当着他的面把门插上。我在里面待了将近两个小时，竖起商人的耳朵听着他以不准确的西班牙语发出含糊不清的威胁。我离开藏身处时，已经一路畅通。'障碍清除！'我暗自喊道，随即回到自己的包厢。显然，幸运女神也与我同在。男爵夫人也在包厢里，正等着我。她见到我时一跃而起，在她背后，戈利亚德金正在穿上衣，男爵夫人凭借女性直觉在电光石火间已明白，戈利亚德金在场破坏了情侣所需的隐秘气氛。她走了，一句话也没对他说。我知道自己的脾气：如果我遇到上校，我会和他决斗。可这种事情发生在火车上就不合适了。另外，尽管我不愿承认，但决斗的时代已经过去了。我选择了睡觉。

　　"犹太人真是有着奇怪的奴性！我的到来挫败了戈利亚

德金某些不轨企图。尽管如此，从那个时刻起，他就对我表现出极大的诚意，迫使我收下他的阿万蒂雪茄，并对我关心备至。

"次日，大家都心情不佳。我对心理气氛非常敏感，想振作一下同桌其他人的情绪，谈到罗伯托·派罗[1]的一些轶事和马科斯·萨斯特雷[2]某首尖锐的诙谐短诗。由于前一天晚上的意外事件而恼怒的普芬道夫-迪韦努瓦夫人气呼呼的。她的不幸事件无疑也传到了布朗神父的耳朵里，他以一种与教职人员身份不符的冷漠对待她。

"午饭过后，我给了哈拉普上校一个教训。为了向他证明他的 faux pas[3] 并没有影响到我们不可动摇的诚挚关系，我给了他一支戈利亚德金的阿万蒂雪茄，还亲自给他点上。一记戴着白手套的耳光！

"那天晚上是我们旅途中的第三个晚上，年轻的比维罗尼让我失望了。我本来想给他讲一些艳遇，那些不是随随便便

1　Roberto Payró（1867—1928），阿根廷作家和记者。
2　Marcos Sastre（1808—1887），乌拉圭出生的阿根廷作家。
3　法文，失礼。

跟人说的秘辛。可是他不在包厢里。一个卡塔马卡的混血儿都能进普芬道夫男爵夫人的房间，令我有些不快。有时候我觉得我就像福尔摩斯：我狡猾地避开列车员，我巧妙地运用巴拉圭钱币学收买了他。我像巴斯克维尔的冷血猎犬般冷静，试图听清，或许应该说，试图窥测那间包厢里的动静。（上校早就去歇息了。）我查探到的是一片寂静和漆黑。可是焦虑并没有持续多长时间。看到男爵夫人从布朗神父的房间里出来，我怎么能不惊愕！一瞬间我心中涌起了野蛮的反叛之情，这在一个血管里流淌着蒙特内格罗家族炽热血液的男人身上是可以理解的。随后我明白了。男爵夫人是去作忏悔了。她头发凌乱，衣着简单——身穿胭脂红色的罩袍，脚上着一双带金色小绒球的银色平底鞋。她没有化妆，出于女人的本性，匆忙逃向她的包厢，为的是不让我看到她的素颜。我点燃了年轻人比维罗尼的一支糟透了的雪茄，泰然自若地退场了。

"我的房间里还有更惊人的事：虽然已是深夜时分，可戈利亚德金还没有睡。我笑了，火车上两天的共同生活已经足以让这位不起眼的犹太人模仿起戏剧圈和俱乐部的夜生活了。当然，他还不适应这种新习惯，并不自在，很神经质。他不理会我的困意和呵欠，将他那些毫无价值、也许还是杜撰的人生经历都一股脑儿倒给我。他坚称自己原来是克劳夫迪亚·费奥多罗夫娜公主的马夫，后来成了她的情人。他愤世嫉俗的样子让我想起了《吉尔·布拉斯》里最大胆的篇章。他声称他骗取了公主和她的忏悔神父阿布拉莫维茨的信任，窃取了她的一颗古老的石头，一个举世无双的宝贝，只是由于切割才没有成为世界上最值钱的钻石。离那个激情、盗窃和潜逃的夜晚已经过去了二十年，在此期间，红色浪潮将失去心爱之物的公主和不忠的马夫赶出了沙皇的帝国。从此上演了三重‘奥德赛’：公主为的是维持生计，戈利亚德金为的是把钻石物归原主，还有一个国际盗窃团伙为寻找失窃的钻石对戈利亚德金穷追不舍。戈利亚德金踏遍南非的矿山，去过巴西的实验室，辗转于玻利维亚的集市，尝尽了历险的艰辛，可是他从来没想过卖掉钻石，钻石承载着他的悔恨和希望。随着时间的流逝，对于戈利亚德金来说，克劳夫迪亚公主成了那个遭到仆从和乌托邦主义者践踏的可爱而奢华的俄国的象征。由于找不到公主，他的爱意日益见长。不久前他得知她现在阿根廷共和国，在阿韦亚内达[1]经营着稳定的产业，并没有放弃贵族的 morgue[2]。直到最后一刻，戈利亚德金才将钻石从它隐蔽的藏身之处取出来。现在他知道公主的下落了，他宁死也不想让钻石丢失。

"这个故事出自一个自称曾是马夫和窃贼的男人之口，令我不适。以我特有的坦率，我冒昧对这颗宝石是否存在表示怀疑。我刨根问底的执着触动了他。他从一个仿鳄鱼皮手提箱里拿出两个完全一样的盒子，并打开了其中一个。毋庸置疑，在天鹅绒的底座上，一颗美丽的'光明之山'[3]的姊妹闪闪发光。人间任何事情都不曾让我奇怪。我怜悯这个可怜的戈利亚德金，他昔日与费奥多罗夫娜有过短暂的床笫之欢，而今在一个嘎吱作响的火车包厢里，向一个阿根廷绅士倾诉了他的苦衷，而这位阿根廷绅士很乐意帮助他找到公主。为了表明这点，我还说被盗窃团伙追踪不像被警察追捕那么严重。我以兄弟般大度的口吻随口说道，我的姓氏是共和国最

---

1 位于大布宜诺斯艾利斯都市圈中的自治市。
2 法文，傲慢。
3 世界上最有名的钻石之一，以个头大闻名。

古老的之一，却也因为警察对金厅俱乐部的一次突击搜查而被列入了什么黑名单。

"我朋友的心态是多么反常啊！二十年没有看到心上人的面孔了，可现在，在幸福到来的前夕，他的心灵在挣扎和犹豫。

"尽管我以放荡不羁闻名，d'ailleurs[1] 这也不无道理，但我仍是一个作息规律的人。夜已深，可我已经睡不着了。我的脑海里翻腾着眼前钻石与远方公主的故事。戈利亚德金（无疑受我的高尚坦言触动）也睡不着觉。至少整个晚上，他都在上铺辗转反侧。

"早晨有两桩惬意之事等着我。首先，远处的潘帕斯草原向我这个阿根廷艺术家的灵魂私语。一束阳光洒落在原野上，在慈祥阳光的倾洒下，柱杆、铁丝网和刺蓟喜极而泣。天空变得更加辽阔，光明猛烈地覆盖在平原上。牛犊仿佛穿上了新衣裳……其次是心理上的。面对大碗热腾腾的早餐，布朗神父向我们清楚表示十字架不与刀剑为敌：他以削发所赋

---

1 法文，况且。

予他的权威和地位，斥责哈拉普上校，把上校比作驴和畜生（我觉得很贴切）。他说上校只能与不幸之人为伍，而面对刚性之人，要知道保持距离。哈拉普一声都没吭。

"我直到后来才知道神父那通训斥的全部含义。我得知比维罗尼前一天晚上不见了，是那个粗鲁的军人冒犯了那位不幸的文人。"

"告诉我，亲爱的蒙特内格罗，"帕罗迪问道，"你们那列如此古怪的列车没有在任何地方停留过吗？"

"您是哪儿的人，亲爱的帕罗迪？您不知道泛美号列车是从玻利维亚直达布宜诺斯艾利斯吗？我接着说，那天下午，对话内容单一，谁也不想谈论除了比维罗尼失踪以外的事情。事实上，有的乘客认为经过这次事件，盎格鲁-撒克逊资本家大肆吹嘘的铁路安全应该受到质疑。我对此并无异议，但我认为比维罗尼的行径完全可能是受心不在焉的诗人秉性所影响，而我自己沉溺于幻想时，也时常心神恍惚。这些假设在充满色彩和光明的白日里差强人意，随着太阳的最后一个转身而黯然失色。垂暮之时，一切都变得凄凉。夜色中传来一只黑色雕鸮断断续续的不祥呻吟，像是在模仿病人一连串的咳嗽声。在每个旅客的脑海里都翻腾着遥远的回忆，或是对阴郁生活茫然又深沉的疑惧，所有列车轮子仿佛都在拼读着这句话：比—维—罗—尼—已—被—谋—杀，比—维—罗—尼—已—被—谋—杀，比—维—罗—尼—已—被—谋—杀……

"那天晚上晚餐之后，戈利亚德金（肯定是为了缓和一下他在餐车里感受到的苦闷气氛）竟轻率地提议我们俩玩扑克牌赌博[1]，他只想跟我一人较量，竟蛮横固执地拒绝了男爵夫人和上校四人参赌的建议，他们就只能充当贪婪的观众。当然，戈利亚德金的希望受到了重创。金厅俱乐部的宠儿没有辜负观众的期待。最初我的牌并不好，可是后来，不顾我慈父般的提醒，戈利亚德金还是把钱全输了：三百一十五比索四十分，后来被那些臭警察蛮横地从我这里抢走了。我永远不会忘记那场决斗：平民对阵老手，贪婪者对阵漠然者，犹太人对阵雅利安人。这是我内心珍藏的一幅画面。戈利亚德金为了尽可能捞回本钱，突然离开了餐车。他很快拿着那个

---

1 一种使用扑克牌的赌钱方式，参赌者每人取五张牌，中间可追加赌注，最后比牌的大小决定胜负。

仿鳄鱼皮手提箱回来了。他取出其中一个盒子，放在桌上。向我提出以已经失去的三百比索对赌钻石。我没有拒绝给他最后一搏的机会。我拿牌，五张 A 牌。我们亮了牌。费奥多罗夫娜公主的钻石归我所有了。Navré[1] 犹太人走了。真是个有趣的时刻！

"A tout seigneur, tout honneur.[2] 随着赢家大获全胜，普芬道夫男爵夫人戴着手套、居心不良的掌声为这个场面画上了句号。就像金厅俱乐部里的人常说的，我从不半途而废。我做出决定：ipso facto[3] 叫来侍者，让他拿来酒单，庆贺此事。我迅速看了一下，觉得要半瓶埃尔盖特罗香槟酒比较合适。我与男爵夫人干了杯。

"纨绔子弟在这些时刻总是难掩本色。在这么了不起的奇遇之后，常人必定夜不能寐。可我突然间对私下会谈的诱惑无动于衷，渴望能够在包厢里独处。我打着呵欠，找借口离开了。我疲惫不堪。我记得自己在半梦半醒间沿着无止尽的

---

1 法文，伤心的。
2 法文，实至名归。
3 拉丁文，根据事实本身。

列车过道走动，丝毫没有顾忌益格鲁-撒克逊公司制定的限制阿根廷旅客自由的条例，随便进了一个包厢。作为珠宝的忠实守卫，我插上门的插销。

"我毫不脸红地告诉您，尊敬的帕罗迪先生，那天晚上我和衣而睡，像一块木头一样倒在床上不省人事。

"所有心计盘算都会受到相应惩罚。那天晚上一个痛苦的梦魇折磨着我。那个梦魇里翻来覆去的是戈利亚德金嘲讽的声音，它不断重复道：'我不会告诉你钻石在哪儿。'我惊醒了。我的第一个动作就是把手伸向内兜，盒子还在那里，里面是真正举世无双的珍品。

"我放心了，打开了车窗。

"明亮，凉爽。黎明时分鸟儿的疯狂喧嚣。那是一月初一个云雾弥漫的清晨。惺忪睡意包裹在一层层淡白的雾霭中。

"敲门声响了，把我从清晨的诗意拽回到同散文般乏味的现实。我开了门，是格龙多纳副局长。他问我在包厢里干什么，还没等我回答，就说我们要一起回到我的包厢去。我一直像燕子一样善于辨别方向。可我无论如何没有想到，我的包厢就在隔壁。里面一片凌乱。格龙多纳劝我不要佯装惊奇。

我后来才知道您可能已经在报纸上看到的事情：戈利亚德金被人从火车上扔了出去。一个列车员听到他的叫喊，拉响了警报。警察在圣马丁上了车。所有人都说是我干的，包括男爵夫人，无疑是出于怨恨。有一个细节只有我这样注重观察的人才能注意到：在警察的忙乱之中，我发现上校把胡子刮了。"

二

一星期后。蒙特内格罗又出现在监狱。在警车宁静的后座上，他已经预先想好了至少十四个乡巴佬的故事和加西亚·洛尔卡的七首离合诗，以教化他的新门生，二七三号牢房的住客伊西德罗·帕罗迪。可是这位固执的理发师却从他的鸭舌帽里拿出了一副油乎乎的扑克牌，提议或者说强迫来访者和他一起玩一把吃磴游戏[1]。

"这种牌我最拿手了。"蒙特内格罗回应道，"我祖先的城

---

1 起源于西班牙，流行于巴西、阿根廷、乌拉圭等国家。

堡周围环绕着城垛，高塔倒映在流淌的巴拉那河中。我在那里屈尊接受了高乔人的彪悍友情和质朴的消遣方式。所以我的那句'游戏中见真章'，使整个三角洲的老手都甘拜下风。"

很快，蒙特内格罗（他在前两局中一分未得）承认，这种玩法过于简单，不足以吸引一个巴卡拉纸牌和桥牌爱好者的兴趣。

帕罗迪并没有理会他，对他说：

"看，您上次在玩牌时给那个一心求败的老人一次狠狠的教训，作为回报，我来给你讲个故事。故事的主人公尽管不幸，但非常勇敢，赢得了我的尊敬。"

"我理解您的意图，亲爱的帕罗迪，"蒙特内格罗十分自然地点燃一支卓越牌香烟，说道，"这种尊敬让他感到很荣幸。"

"不，我不是说您，我说的是一位我并不认识的死者，一位来自俄国的外国人，一位贵族小姐的车夫或马夫，那位小姐有颗珍贵的钻石，是当地的一位公主，不过爱情可不讲什么道理……这个年轻人被幸运冲昏了头脑，他有自己的弱点——每个人都有弱点——于是侵吞了钻石。当他后悔的时候已经晚了。一场马克思主义革命使他们背井离乡。一伙窃贼最初去南非的一个小镇，后来又到了巴西的某个地方，想掠夺他的宝贝。但他们没有得逞。那个年轻人想办法把钻石藏了起来，不是因为要独占，而是为了物归原主。经过了多年的折磨，他得知小姐在布宜诺斯艾利斯。带着钻石出行很危险，可是他没有退缩。窃贼跟踪他上了列车：一个人扮成神父，一个人装作军人，一个人假装是乡下人，还有一个女的浓妆艳抹。在这些旅客中，有位我们的同胞，愣头愣脑，是一个演员。这个小伙子一生都生活在伪装之中，所以并没有看出这伙人有什么异常……尽管如此，这出戏还是一目了然。这群人鱼龙混杂。一个借用了侦探小说里人物名字的神父；一个班卡拉里的卡塔马卡人；一个女人，因为这件事涉及一个公主，于是冒充男爵夫人；一个在一夜之间失去胡须的老人，还能把大约八十公斤重的您举到一个'可观的高度'，再把您关进卫生间。他们下定了决心。他们有四个晚上可以行动。第一个晚上，您进了戈利亚德金的包厢，破坏了他们的阴谋。第二个晚上，您无意中又救了他：那女人打着浪漫的旗号进了戈利亚德金的包厢，可是您来了，她只好离开。第三个晚上，您像糨糊一样贴在男爵夫人的门上时，卡塔马卡人袭击了戈利亚德金。可他搞砸了，戈利亚德金把他扔出了火车。所以这个俄国人非常紧张，在床上辗转反侧。他琢磨已经发生的和将要发生的事情。他也许想到了，第四个晚上，也就是最后一晚，是最危险的。他想起了神父说过，要拯救灵魂，需先将其失去，决定任由自己被杀害，为拯救钻石，需先将其失去。您和他提过在警察局的不良记录，于是他知道如果有人杀了他，您将是头号嫌疑人。第四个晚上他展示了两个盒子，想让窃贼以为有两颗钻石，一颗真的，一颗假的。在众目睽睽之下，他借助一个无能的对手，失掉了一颗钻石。窃贼以为他是为了让他们相信，他丢失了真钻石。于是用掺在酒里的某种药水使您昏睡。他们潜入俄国人的包厢，命令他交出钻石。您在梦中听到他说他不知道钻石在哪儿，可能还说了钻石在您那儿，为了欺骗他们。这一连串事件急转直下，使那个勇敢的人如愿以偿：拂晓的时候，无情的窃贼杀死了他，可是钻石在您手里，安然无恙。果然不出所料，你们刚一到达布宜诺斯艾利斯，警察就逮捕了您，把钻石还给了它的主人。

"也许戈利亚德金想过，他活着已经毫无意义。公主过了二十年的残酷生活，现在管理着一处肮脏的宅第[1]。我如果是他，也会选择当个懦夫。"

蒙特内格罗点燃了第二支卓越牌香烟。

"真是个老套的故事，"他指出，"迟来的智慧证实了艺术家的出色直觉。我一直怀疑普芬道夫-迪韦努瓦夫人，怀疑比维罗尼，怀疑布朗神父，特别是怀疑哈拉普上校。您放心，亲爱的帕罗迪，我会尽快将我的解答上报给当局。"

一九四二年二月五日，克肯

1　指妓院。

公 牛 之 神

纪念诗人亚历山大·蒲柏[1]

一

　　诗人何塞·福门托以一种与众不同的大丈夫般的坦率毫不迟疑地向聚集到"艺术之家"（位于佛罗里达大街与图库曼大街交汇处）的女士们和先生们重复道："对于我的精神来说，没有什么盛事能比得上我的老师卡洛斯·安格拉达与那个模仿十八世纪的蒙特内格罗的舌战了。这好比马里内蒂[2]对阵拜伦，四十马力的汽车对阵贵族的轻便双轮马车，机关枪对阵斗牛利剑。"这种竞争也会让两位主角感到高兴，其实他们十分欣赏对方。蒙特内格罗（他自从与费奥多罗夫娜公主结婚后，就退出戏剧界，用闲暇时光致力于编写一部宏大的历史小说和从事侦探调查）刚一得知信件被窃的消息，就向卡洛斯·安格拉达展示了自己的敏锐和威望，向他提议最好去拜访二七三号牢房，他的合作者伊西德罗·帕罗迪正被囚禁在那里。

与读者不同，伊西德罗·帕罗迪并没有听说过卡洛斯·安格拉达。他没有读过十四行诗《老年宝塔》（一九一二年），没有读过泛神论颂诗《我是其他人》（一九二一年），没有读过全是大写字母的《视己便溺》（一九二八年），没有读过本土化小说《一个高乔人的记事本》（一九三一年），没有读过任何一篇《百万富翁颂》（五百册限量版和唐博斯科远征社印刷的普及版，一九三四年），没有读过《与面包和鱼唱和的赞美诗》（一九三五年），没有读过——无论这看起来有多丢人——普罗贝塔出版社的深奥的版权页（《潜水员的虚饰》，

---

1 Alexander Pope（1688—1744），英国诗人和讽刺作家。

2 Emilio Filippo Tommaso Marinetti（1876—1944），意大利裔法国散文家、小说家、诗人、戏剧家。

由弥诺陶洛斯编注，一九三九年）[1]。我们沉痛地承认，在二十年的牢狱生涯里，帕罗迪没有时间研究《卡洛斯·安格拉达的旅程——一个抒情诗人的历程》。在这部必读著作里，何塞·福门托在大师本人的指导下，讲述了后者的不同阶段：现代主义启蒙；对华金·贝尔达[2]的理解（有时是抄录）；一九二一年的泛神论热潮，当时诗人渴求与自然完全融为一体，拒绝穿任何种类的鞋，一跛一拐，血迹斑斑地在他位于维森特·洛佩斯区[3]的可爱别墅的花坛间徘徊；对冰冷的理智主义的拒绝，在那极其著名的几年里，卡洛斯·安格拉达在一名家庭教师和智利版的戴·赫·劳伦斯的陪同下，频频出现在巴勒莫公园的湖畔，他天真地穿一身水手服，带着一个圆环和一块滑板；尼采学说催生出《百万富翁颂》，那是在阿索林一篇文章的基础上写就的支持贵族价值观的作品，很久

---

1 卡洛斯·安格拉达的典型书目还包括：不加掩饰的自然主义小说《沙龙之肉》（一九一四年），宽洪大量的翻案诗《沙龙幽灵》（一九一四年），已经被超越的宣言《致珀加索斯》（一九一七年），旅行札记《最初是普尔曼式客车》（一九二三年）和四期限量版杂志《零》（一九二四——一九二七年）。——作者注

2 Joaquín Belda（1883—1935），西班牙记者、小说家。

3 位于布宜诺斯艾利斯北部，以意大利和西班牙移民为主。

之后，这位圣餐大会的平民慕道友又将它推翻了；最后是无私奉献和在各省的调查研究，大师对普罗贝塔出版社大力推崇的默默无闻的诗人新秀进行了严格剖析，出版社已经找到了一百多个订购者愿意为后者的作品买单，而且还在为他们筹备出版一些 plaquettes[1]。

卡洛斯·安格拉达并不像他的书目或他的"肖像"那样令人不安，伊西德罗先生在他那天蓝色小罐里泡上了马黛茶，他抬起目光，看了看那个男人：面色红润，高大，结实，未老先秃，目光自负又固执，留着精力充沛的染色小胡子。就像何塞·福门托常郑重地说的那样，他穿着"格子套装"。一位先生跟着他，从近处看，就像从远处看上去的卡洛斯·安格拉达本人。秃顶、眼睛、小胡子、结实的身板和格子套装都如出一辙，只是规格小了些。机警的读者大概已经猜到，这个年轻人就是何塞·福门托，安格拉达的传教者和信使。他的任务并不单调。反复无常的安格拉达，现代精神上的弗雷格利[2]，若非他的学徒如此孜孜不倦和忘我，若非这

---

1 法文，小册子，很薄的书。
2 Leopoldo Fregoli (1867—1936)，意大利演员、歌手，快速变装师。

位学徒曾著有《摇篮》（一九二九年）、《一个禽蛋批发商的笔记》（一九三二年）、《总管颂》（一九三四年）和《空中星期日》（一九三六年），恐怕会困惑不已。正像任何人都知道的那样，福门托崇敬大师，而大师也以一种诚挚的屈尊回报他，不排除时不时友好地训斥一下。福门托不仅是学生，也是秘书，相当于大作家才有的那种 bonne à tout faire[1]，可以给天才的手稿加标点，或是剔除一个多余的 h。

安格拉达直奔主题：

"请您谅解我像摩托车般坦率。我听从赫瓦西奥·蒙特内格罗的指点而来。我明说了吧，我现在不，以后也不会相信一个被关在监狱里的人能够受托解决侦探谜团。事情并不复杂。众所周知，我生活在维森特·洛佩斯区。在我的写字台里，说得更明确些，在我创造隐喻的工作室里，有一个铁盒。在那个带锁的棱镜里装着，或者说曾经装着一包信。没什么神秘的。我的通信人和爱慕者是玛丽亚娜·鲁伊斯·比利亚尔瓦·德·穆尼亚戈里，她的亲密友人称她为'蒙查'。这一

1　法文，负责全部家务的女仆；奴才、仆从。

切都是光明磊落的。尽管有人恶意诽谤，可是我们之间从来没有发生过肉体关系。我们追求的是更高层次的交流——情感和精神上的。总之，一个阿根廷人永远不会明白这些。玛丽亚娜拥有一个美丽的灵魂，更是一个漂亮的女人。这个丰满的生物配备着一根对所有现代震荡都很敏感的天线。我的处女作《老年宝塔》启发她作起了十四行诗。我为她修改那些十一音节的诗句。其中出现的个别亚历山大体句子彰显了她在自由诗体上的诚挚天赋。实际上，她现在正致力于创作散文体随笔。她已经写了《一个雨天》《我的狗鲍勃》《春天的第一天》《查卡布科战役》《我为什么喜欢毕加索》《我为什么喜欢花园》等。总之，让我像潜水员一样下探到侦探细节，下探到或许您更容易理解的领域。就像大家都知道的那样，我确实热爱交际。八月十四日，我把我别墅的咽门向一群有趣的人打开，他们是普罗贝塔出版社的作家和订购者。前者要求出版他们的手稿，后者要求归还他们损失的会费。在那种场合里我如水中的潜水艇一样幸福。热闹的聚会一直持续到凌晨两点。我首先扮演了战士的角色。我用扶手椅和凳子搭了一个路障，拯救了大部分餐具。福门托则更像狄俄墨得斯，而不是尤利西斯。他企图用一个盛有各种甜点和比尔茨橙味汽水的木托盘安抚那些论战者。可怜的福门托！他只是为我的诽谤者们提供了更多弹药。当最后一个消防员撤出后，福门托以一种我永远不会忘记的虔诚，向我的脸上泼了一桶水，让我的头脑重新恢复了三千瓦的光亮。在我晕倒时，我琢磨出一首技巧娴熟的长诗，题为《在冲力之下站起》，而末句是'我近距离枪决了死神'。若是丢失了潜意识里的珍宝，那该多么危急。没有办法，我打发走了我的门徒，而他在争战之时丢了钱包。他大大方方地开口要钱，为了乘车回萨阿韦德拉。我那不可侵犯的贝特雷保险柜的钥匙就在我衣兜里。我把钥匙拿出来，挥舞着。我找到了要找的钱，可是没有找到蒙查——对不起，是玛丽亚娜·鲁伊斯·比利亚尔瓦·德·穆尼亚戈里——的信。这个打击并没有挫伤我的锐气。我总是站在思想的海角之上，我检查了房间及其所有设施，从热水器到污水池。然而行动一无所获。"

"我确定信不在别墅里，"福门托浓重的声音说道，"十五日早晨我带着老师研究中需要的《插图版大字典》里的一个词条又来了。我自告奋勇再次搜查房间，什么也没有找到。

不，我说谎了。我找到了对安格拉达先生和共和国来说极为珍贵的东西。是诗人不小心丢在地下室的宝藏：四百九十七本绝版的《一个高乔人的记事本》。"

"请您原谅我这位门徒的文学激情。"卡洛斯·安格拉达快速说道，"这种学术发现并不会让像您这样拘泥于侦探事务的人感兴趣。事实如下：信件已经失踪，在一个无耻之徒手里，一位尊贵女士的思想脉动，这些记录着大脑灰质和感伤情绪的档案会构成一桩丑闻。这是一份符合人之常情的文件，它将一个上流社会女人的脆弱隐私与一种文风的冲击力（以我为例）结合在一起。总之，这对于非法出版商和安第斯山脉那边 [1] 的人来说，都是极大的诱惑。"

二

一星期后，一辆加长凯迪拉克停在国家监狱前的拉斯埃拉斯大街上。车门开了，一位身着灰色外套、花哨裤子，戴浅色

1　指智利。

手套，手持狗头柄手杖的绅士，带着一种有点儿 surannée[1] 的优雅气派下了车，迈着坚实的步伐进了监狱的院子。

格龙多纳副局长卑躬屈膝地接待了他。这位绅士接过一支巴伊亚雪茄，被引领到二七三号牢房。伊西德罗先生刚一看到他，就把一包卓越牌香烟藏到自己的囚帽下面，温和地说：

"看来肉在阿韦亚内达卖得不错呀。这活儿让不止一个人瘦了，却让您胖了。"

"Touché[2]，我亲爱的帕罗迪，touché。我承认我 embonpoint[3]。公主委托我吻您的手。"蒙特内格罗在两口蓝色的烟圈之间说道，"还有我们共同的朋友卡洛斯·安格拉达——那个风趣的灵魂，如果世上真有的话，不过他缺少地中海修养——也向您问好。私下说说啊，他对您更念念不忘。就在昨天，他闯进我的书房。仅凭两下摔门和他几近哮喘的呼吸声，就足以让我这个相貌鉴定家瞬间意识到卡洛斯·安格拉

---

1 法文，陈旧的，过时的。
2 法文，说中了。
3 法文，发福。

达很紧张。我马上明白了为什么，交通拥挤不利于精神平和。
您很聪明，做出了最佳选择：避世，有条不紊的生活，减少刺
激。在城市的中心，您小小的绿洲就像世外桃源。我们的朋友
却太脆弱了，一个幻象足以令他惊恐不已。坦率讲，我本以为
他的性情会更刚强。起初他以一个花花公子的淡定对待信件丢
失的事，可昨天我断定他那外表不过是一副面具。他已经受伤
了，blessé[1]。在我的书房里，面对一瓶一九三四年的黑樱桃
酒，在雪茄那提神醒脑的烟雾中，他摘掉了全部面具。我理解
他的惊恐。蒙查的书信如果真发表了对于我们的社会将是一个
沉重打击。我亲爱的朋友，那是一个 hors concours[2] 女人：美
貌、财富、门第、社会地位，她是盛放在穆拉诺[3]花瓶中的现
代灵魂。卡洛斯·安格拉达坚持说那些信件如果公开了，会让
他身败名裂，并带来一件绝对不健康的 besogne[4]，他会在决斗
中杀死那个狂暴的穆尼亚戈里。尽管如此，我尊敬的帕罗迪，

---

1 法文，受伤了。
2 法文，超群的。
3 意大利威尼斯北部郊区，盛产玻璃器皿。
4 法文，活儿。

我还是请求您冷静下来。我富于组织精神，已经很好地处理了这个问题。我迈出了第一步：邀请卡洛斯·安格拉达和福门托到穆尼亚戈里的拉蒙查庄园待几天。位高则任重：我们要承认，穆尼亚戈里的工程为整个皮拉尔镇带来了进步。您应该近距离看看那个奇迹。那是少有的让民族传统文化发扬光大的庄园之一。尽管有专横守旧的男主人碍事，任何乌云都不能使这次朋友聚会黯然失色。玛丽亚娜会热情周到地尽地主之谊。我向您保证，这不是一位艺术家心血来潮的旅行，我们的家庭医生穆西卡大夫建议积极治疗一下我的 surmenage[1]。尽管玛丽亚娜一再热忱相邀，公主还是不能加入我们，她在阿韦亚内达有数事缠身。我相反，可以把 villégiature[2] 延长到立春。就像您刚刚证实的那样，我在英雄壮举前从不退缩。我把侦探的具体事务就交给您了，即找到信件。明天十点钟，愉快的车队将从里瓦达维亚纪念碑出发，驶往沉浸于无限的地平线、沉浸于自由的拉蒙查。"

　　赫瓦西奥·蒙特内格罗做了一个显眼的动作，看了一下

1　法文，劳累过度。
2　法文，度假。

他的金色江诗丹顿手表。

"时间就是金子,"他感叹道,"我已经答应要去看望哈拉普上校、布朗神父和他们的狱友。不久前我还去圣胡安大街看望了普芬道夫-迪韦努瓦男爵夫人,她母姓普拉托隆哥。她的尊严没有受到损害,可是她的阿比西尼亚雪茄实在太糟糕了。"

三

九月五日黄昏,一个戴着臂章、拿着雨伞的来客进了二七三号牢房。他马上开始以一种悲哀肃穆的生动语气说话,伊西德罗先生注意到他忧心忡忡。

"我站在这里,如日落时分的太阳一般被钉在十字架上。"何塞·福门托模糊地指着通往洗衣房的天窗,"您会说我如同犹大一般,在耶稣受迫害的时候,还忙于社交活动。可是我的动机很不一样。我此番前来是要求您,最好说是请求您,动用您多年来与当局打交道所积累的影响。没有爱,慈悲是不可能的。就像卡洛斯·安格拉达在对农业青年团的号召中所说的那样,要理解拖拉机,就要先爱上拖拉机。要理解卡洛斯·安格拉达，就要先爱上卡洛斯·安格拉达。也许大师写的书对侦探调查没有用处，所以我给您带来一本《卡洛斯·安格拉达的旅程》。在这本书里，让批评家困惑、让警察感兴趣的那个人，展现出冲动的一面，几乎像个孩子。"

来客随便翻开书，把它放到帕罗迪手里。帕罗迪真切地看到一张卡洛斯·安格拉达的照片，秃顶，精力充沛，身着水手服。

"您如果从事摄影，一定会出类拔萃，这毋庸置疑。不过我需要您讲一下从二十九日晚上发生的一系列事情。我还想知道那些人相处得如何。我读了莫利纳里的豆腐块。他头脑机灵，可是读那么多细节描述谁最后都得晕。您别慌，年轻人，把事情按照顺序给我讲讲。"

"我给您简单介绍一下事情经过。二十四日我们到了庄园。气氛非常诚挚、融洽。玛丽亚娜夫人——她身着雷德芬猎装，巴杜小斗篷，爱马仕皮靴，带着用伊丽莎白·雅顿化的户外妆——以她一贯的朴素接待了我们。安格拉达和蒙特内格罗这一对儿争执着有关日落的问题，直到夜深。安格拉达说日落不如吞噬了碎石路面的轿车前灯，蒙特内格罗则说它比不上曼托瓦的十四行诗。最终，两个论战者用苦艾酒加苦啤酒浇灭了咄咄逼人的交锋。曼努埃尔·穆尼亚戈里先生经过处事圆通的蒙特内格罗安抚，无可奈何地接待了我们。八点整，家庭教师——一个非常粗鲁的金发女人，请您相信我——把潘帕带来了，他是这对幸福伴侣的独生子。玛丽亚娜夫人从台阶高处向孩子伸出手臂，那个腰别带鞘短刀、穿着奇里帕裤[1]的孩子跑过去扑到母亲温柔的怀抱中。那个场面令人难忘，而且每天晚上都会重复，向我们展现出上流社会与放荡不羁的大环境下持久的家庭纽带。紧接着，家庭教师把潘帕带走了。穆尼亚戈里解释说，所有教育都暗含在所罗门王的戒律中：孩子不打不成器。我确信，要迫使孩子佩戴短刀和穿着奇里帕裤，这条戒律肯定已经付诸实践。

"二十九日傍晚，我们在阳台上观看了一场公牛游行，肃穆而又壮观。能够看到这幅田园画作要归功于玛丽亚娜夫人，如果不是她，就不可能有此次以及其他更多的愉悦经历。我应该以大丈夫般的坦率说，穆尼亚戈里先生（他作为

---

1 阿根廷等国农民用一块长方形的布裹住大腿后再从双腿中间掏到前面腰部用皮带系好，穿在衬裤外。

牧人，无疑值得尊敬）是个孤僻失礼的主人。他几乎没和我们说话，宁愿和工头和雇农交谈。他对即将到来的巴勒莫展会[1]的兴趣胜过在他庄园里上演的一轮又一轮自然与艺术奇观，以及潘帕斯大草原与卡洛斯·安格拉达的惊人交融。此时，在下面行进的公牛队列在太阳消亡后已经变成黑色，而在上面，阳台上的人变得更喋喋不休，更加健谈。蒙特内格罗只需对公牛的雄壮发出一声叹息就足以唤醒安格拉达的才智。大师引用自己的话，即席发表了一篇内容丰富又洋洋洒洒的长篇大论，它足以震惊历史学家和语法学家，令冷酷的理性主义者和伟大的心灵目瞪口呆。他说在其他时代，公牛是神圣的牲畜，在它之上，是教士和国王；再之上，是神灵。他说刚才照耀着公牛列队前进的那个太阳曾经在克里特岛的柱廊上见证过由于亵渎公牛而被判处死刑的人列队前进。他说那些被浸泡在公牛热血里的人会永远不朽。蒙特内格罗试图回忆他在尼姆斗兽场（在炽热的普罗旺斯太阳

1　一年一度在布宜诺斯艾利斯举办的农产品和家畜展销会，自 1886 年 7 月起在圣菲大道的展览中心举办，初为午市，后伴随巴勒莫区的各种社交活动，成为极具特色的文化盛事。

下）看到的角上套了木球的公牛的血腥表演。可是穆尼亚戈里反对一切精神上的发散，说起公牛，安格拉达不过是个打杂的。他傲慢地坐在一把大大的藤椅里，说他就是在公牛之中受的教育，说它们当然是平和，甚至怯懦的动物，不过却很鲁莽。注意，穆尼亚戈里为了说服安格拉达，试图让他进入催眠状态——他的目光一刻也没有离开他。于是我们留下大师和穆尼亚戈里继续兴趣盎然地争论，在那位无与伦比的女主人玛丽亚娜夫人的引导下，蒙特内格罗和我终于得以欣赏电动照明装置的具体细节。锣响了，我们坐下来就餐，那两位争论者回来时，我们已经吃完了牛肉。很显然大师获胜了，而穆尼亚戈里阴沉着脸，一副落败的样子，吃饭的时候没说一句话。

"第二天，他邀请我去皮拉尔镇。只有我们俩，乘着他的美式轻便马车。我这个阿根廷人充分享受着在典型的尘土飞扬的大草原上一路的颠簸。慈父般的太阳把它慈祥的阳光倾洒到我们头上。联邦邮政的服务延伸到了这偏僻之地的土路上。穆尼亚戈里在杂货店里吸吮着各种易燃液体，我则将我对出版商的问候写在一张我穿着高乔人服装的照片背后，投进了信箱。回程并不愉快。苦难之路的剧烈颠簸之外又加上了醉汉的笨拙。我高尚地承认，我可怜那个酒精的奴隶，原谅他在我面前丑态毕露，他鞭罚那匹马，仿佛它是自己的孩子。马车不断遇到险境，我不止一次担心自己的性命。

"回到庄园，用亚麻热敷和朗诵马里内蒂一篇古老的宣言后我才渐渐平复。

"现在我们到了发生罪行的下午，伊西德罗先生。有个不愉快事件作为先兆。一直忠实于所罗门王的穆尼亚戈里对着潘帕的屁股一通乱棍，因为潘帕被异国风尚的骗人假象所诱惑，拒绝佩带短刀和马鞭，而家庭老师比尔汗小姐有失分寸，让局面愈演愈烈，矛头直指穆尼亚戈里。我敢肯定家庭教师之所以以如此漫不经心的方式进行干预，是因为她另有去处：蒙特内格罗是个发掘美丽心灵的好猎手，已经向她提议了阿韦亚内达一个不知什么职位。大家不欢而散。女主人、大师和我步行去了澳式蓄水池，蒙特内格罗和家庭教师进了屋子，穆尼亚戈里心里记挂着即将到来的展会，而且对大自然无动于衷，又去看另一轮公牛行进。孤独和辛劳是文人赖以支撑的两个依靠。我在路上一个拐弯处甩开了我的朋友们，回到我的卧室，那是一个没有窗户的真正的庇护所，外面世界传得最遥远的回声也不会影响那里。我开了灯，开始了《与泰斯特先生之夜》[1]的通俗翻译。可是我根本无法工作。蒙特内格罗和比尔汗小姐在隔壁房间说话。我没有把门关上，怕惹恼了比尔汗小姐，也怕自己窒息。我房间的另一扇门，您要知道，对着蒸汽弥漫的厨房。

"我听到一声叫喊，不是来自比尔汗小姐的房间，我相信我认出了玛丽亚娜夫人无与伦比的嗓音。我沿着走廊和楼梯来到露台上。

"在那儿，在地平线上，玛丽亚娜夫人以她身上那种伟大演员的天然质朴，指着那个可怕的画面。不幸的是，我永远忘不了那一幕。下面，就像昨天一样，还是那些行进的公牛。上面，就像昨天一样，主人检阅了公牛的缓慢行进。不过这次，公牛只被一个人检阅，而那个人已经死了。从藤椅靠背的编花中插进了一把匕首。

---

1 法国作家保罗·瓦莱里（1871—1945）写于 1896 年的作品。

"尸体由高椅的扶手支撑而直立着。安格拉达惊恐地证实，难以置信的凶器竟是孩子的那把短刀。"

"告诉我，福门托先生，那个在逃凶手是如何弄到那个凶器的？"

"这是个谜。那个孩子攻击了父亲之后，暴怒不已，把他高乔人的行头装备都扔到绣球花后面去了。"

"我猜到了。可又如何解释在安格拉达的房间里出现了马鞭呢？"

"这很简单。不过个中缘由不能告诉警察。您看到过那张照片，在安格拉达变幻不定的生活里，有一段可以称之为'孩子气'的阶段。这位著作权和为艺术而艺术的捍卫者无法抵御玩具对成年人的吸引力。"

四

九月九日，两位身着丧服的女士走进了二七三号牢房。一位是金发，臀部厚实，嘴唇丰满。另外一位穿着不起眼，又矮又瘦，胸部平平，腿又短又细。

伊西德罗先生向第一位女士说：

"如果我没猜错，您是穆尼亚戈里的遗孀。"

"什么 gaffe[1]！"另一位女士尖声说道，"您一上来就错了。她怎么会是呢？她是陪我来的。她是家庭教师比尔汗小姐。我才是穆尼亚戈里夫人。"

帕罗迪为她们拿来两个凳子，自己坐在床上。玛丽亚娜继续不慌不忙地说：

"多可爱的小房间啊，与我嫂子的住处很不同，她那里都是讨厌的屏风。您已经进入了立体主义，帕罗迪先生，尽管它现在已经不时兴了。不过我还是建议您在门上刷几笔白瓷釉。我痴迷涂了白漆的铁制品。米奇·蒙特内格罗让我们来打扰您，您不觉得他很高明吗？见到您真是太好了。我想和您亲自谈谈，因为向警察重复这件事太烦人了，他们提一堆问题，也向我的嫂子们提问题，她们令人昏昏欲睡。

"我从三十日早晨说起。有福门托、蒙特内格罗、安格

---

1 法文，蠢话。

拉达、我和我丈夫，就我们几个。很遗憾公主不能来，因为她充满了 charme[1]。试想一下什么是女性直觉和母性。孔苏埃洛给我拿来李子汁时，我正头疼得厉害。男人们就是不理解。我先去了曼努埃尔的卧室，他不想听我说，声称自己头疼，可其实他头疼得并不那么厉害。我们女人有过做母亲的经历，不至于那么弱不禁风。也怪他，他睡得很晚。前一天晚上他和福门托聊一本书聊到很晚。对自己不了解的东西能说些什么呢？我直到他们讨论快结束时才进房间，但是在这个过程中，听到了他们到底在讨论什么。佩佩——我是说福门托——要出版他翻译的《与泰斯特先生之夜》。为了能让大众接受，归根到底还是这唯一的一点，他起了个西班牙文名字：《与卡库门先生的一夜》。曼努埃尔从来也不明白，没有爱，慈悲是不可能的，一直给福门托泼冷水。他说瓦莱里让别人思考，但他自己从不思考，而福门托已经翻译好了，我总是说，'艺术之家'应该请瓦莱里来做报告。我不知道那天怎么了，北风把我们大家刮得都快发疯了，尤其是我，

1　法文，魅力。

对风又特别敏感。家庭教师还有失分寸，当着曼努埃尔的面搅和潘帕的事，潘帕本来就不喜欢高乔人的装束。我不知道我为什么要跟您讲这些事，这都是前一天发生的。三十日，茶点之后，那个安格拉达——他总是只想着自己——不知道我多恨走路，坚持让我再带他去看看澳式蓄水池，也不管当时太阳那么大，蚊子那么多。幸好我推脱掉了，回去读起了季奥诺[1]的书。您不要对我说您不喜欢《长笛伴奏》，这是本绝妙的书，让人浑然忘我。不过在此之前，我想去见曼努埃尔，他正在露台上满足自己观看公牛的癖好。当时差不多六点了，我从雇农用的梯子上去了，那一幕让我呆住了，我说：'啊! 那场面! '我穿着浅橙色套衫和维奥内短裤靠在栏杆上，两步远外，曼努埃尔被钉在椅子上，潘帕的短刀从椅子靠背插了进去。好在潘帕当时正在抓猫，没有看到那可怕的一幕。晚上他带了半打猫尾巴回来了。"

比尔汗小姐接着说：

"它们发出难闻的气味，我只好都扔到厕所里去了。"

1　Jean Giono（1895—1970），法国小说家，其作品以普罗旺斯为背景。

她以一种几乎是丰满性感的声音说出了这句话。

五

九月的那天早晨，安格拉达得到了启示。他清醒的头脑看透了过去与未来，识破了未来主义的由来和一些文人背着他策划的让他接受诺贝尔奖的暗中勾当。当帕罗迪以为那场唠叨已经结束时，安格拉达又晃动着一封信，带着宽厚的笑容对他说道：

"那个可怜的福门托！那些智利的盗版商很懂行。您看看这封信，亲爱的帕罗迪。他们不想出版瓦莱里的那个粗俗译本。"

帕罗迪无奈地看了那封信：

我非常尊贵的朋友：

　　请允许我们重复我们在答复您八月十九日、二十六日和三十日的信件时已经做出的解释。我们不可能支付以下费用：印版费、迪士尼改编版税、新年和复活节外文版本的费用，鉴于此，这笔生意无法成交，除非您能预付单印张款项及在拉孔布雷索拉家具仓库的保管费用。

听候您的愉快吩咐。

副经理：鲁菲诺·希赫纳·S.

伊西德罗先生终于能插一句话了：

"这封商业信函如同从天而降。现在我开始收尾。您刚才兴致勃勃地谈了很久有关书的事情。让我也说两句。最近我读了一个东西，里面有三张很精彩的人像：踩高跷的您，穿童装的您，骑自行车的您。您看我已经笑了。谁会相信，福门托先生，那个忧郁而懦弱的小伙子——如果真有那样的人的话——会将您描绘成如此笑柄。您所有的书都是笑话：您写了《百万富翁颂》，而小伙子恭敬地呈上了《总管颂》，您写了《一个高乔人的记事本》，而小伙子发表了《一个禽蛋批发商的笔记》。听好了，我把实际发生的事情从头讲起。

"先是来了个傻瓜，说有人把他的信偷走了。我没有理会，因为如果有人丢了什么东西，是不会委托一个囚徒去寻找的。那个傻瓜说信会玷污一位女士的清誉。而他和那位女士之间清清白白，只是出于友谊通信。他这样说是想让我相信夫人是他的心上人。同一个星期，大好人蒙特内格罗来了，说傻瓜变得忧心忡忡。这次他表现得更像真的丢了什么似的。您去找了一个还没进监狱的业余侦探。后来大家都去了乡下，穆尼亚戈里死了，福门托先生和一个扭捏作态的女人来烦我，于是我开始怀疑了。

"您对我说有人偷了那些信，甚至想让我以为是福门托把信偷走了。您想要让人们谈论那些信，想象您与那位女士之间有什么风流韵事。谎言之下真相显露：福门托偷了信。他偷信是为了出版。他对您厌倦了。凭您今天下午对我滔滔不绝的两个小时，我可以理解小伙子的动机。他暴怒不已，受不了含沙射影。他决定出版这些信，一了百了，让整个共和国都看到您与玛丽亚娜清清白白。穆尼亚戈里从另外一种角度看待这件事情。他不愿意看到自己的夫人因为这本鬼话连篇的小册子的出版而出洋相。二十九日他与福门托对质。关于这次争吵，福门托什么也没有对我说。他们正在争论的时候，玛丽亚娜来了，他们彬彬有礼地让她以为他们在讨论福门托从法文誊写过来的书。像你们这样的人写的书对于一个乡下人有什么意义！后一天，穆尼亚戈里带福门托到皮拉尔镇去，还给出版商寄去一封信，让他们停止印刷。福门托见事情败露，决定摆脱穆尼亚戈里。他并没有犹豫，因为他与那位女士的暧昧关系说不定哪天会被发现。那个笨女人管不住自己的嘴，她甚至一直重复从他那里听来的事情——什么爱和慈悲呀，什么那个英国女人有失分寸。甚至有一次提到他的名字，差点露了馅。

"当福门托看到潘帕扔掉了他的高乔人装束时，知道时机到了。他小心谨慎。他设计了一个很好的不在场证明：他说连接他的卧室与家庭教师卧室的门是开着的。无论是家庭教师还是亲爱的蒙特内格罗对此都不否认。尽管如此，人们在进行某些消遣活动时，是习惯关着门的。福门托选好了凶器。潘帕的短刀可以用来牵连两个人：一个是潘帕本人，他半疯半傻，另一个是您，安格拉达先生，您装作那位女士的情人，还不止一次装扮成大小孩。他把小马鞭放到您的房间里，让警察找到它。还把带有您肖像的书拿给我看，让我也产生同样的怀疑。

"他不慌不忙地上了阳台，刺死了穆尼亚戈里。雇农并没有看到此景，他们正忙着在下面照顾公牛。

"这大概是天意吧。这个人所做的一切就是为了出版一本那个笨女人的书信集及其新年的祝福。只要看看那位女士就可以猜想到她的信是怎样的了。出版商断然拒绝也不足为奇。"

一九四二年二月二十二日，克肯

圣贾科莫的预见

献给穆罕默德

一

二七三号牢房的囚徒一脸无奈地接待了安格拉达夫人和她丈夫。

"我说话干脆，蔑视所有隐喻，"卡洛斯·安格拉达严肃地承诺，"我的脑子是一个冷藏库，胡利娅·鲁伊斯·比利亚尔瓦——她同阶层的人称她为普米塔——之死的情状永存在这个灰色的容器里，未受到丝毫的玷污。我将像解围之神[1]一般，严谨、诚实、客观地看待这些事情。我将为您呈现一张事实的剖面图。帕罗迪，我请您洗耳恭听。"

帕罗迪并没有抬起目光，他继续擦拭着伊里戈延[2]的一幅照片。这位精力充沛的诗人的开场白并没有向他传递任何新的信息：几天前，他读了莫利纳里的一篇小文章，关于鲁伊斯·比利亚尔瓦小姐的突然死亡，她是我们社交界里最活跃的年轻人之一。

未等安格拉达作声，他的夫人玛丽亚娜把话接了过去：

"卡洛斯把我搜到这间监狱来，而我本来要去参加马里奥的一场有关康塞普西翁·阿雷纳尔[3]的乏味的报告会。您真是个救星，帕罗迪先生，这下我不必去'艺术之家'了。有些人喜欢炫耀，实际上却无聊透顶，尽管我总是说主教大人谈吐十分尊贵。卡洛斯像以往那样，总是要插一脚，可说到底她是我的姊妹，我被弄到这里来不是为了像根木头似的不吭声。再说，女人凭直觉就可以洞若观火，就像马里奥称

---

1 古希腊戏剧中用舞台机关送出来的神。
2 Bernardo de Irigoyen（1822—1906），阿根廷律师、外交官、政治家。1898—1902 年任布宜诺斯艾利斯省省长，此前曾任外交部长、内务部长、参议员。
3 Concepción Arenal（1820—1893），西班牙女权主义作家和社会活动家。

赞我的丧服时说的那样（虽然我悲痛欲绝，但黑色很适合我这样发色淡金的人）。您看，我条理分明，把事情向您从头说起，而不会让对书本的狂热也掺和进来。您大概在凹版印刷物上读到我的姊妹，可怜的普米塔和那个姓氏糟透了的里卡多·圣贾科莫订婚了。他们虽然看起来有些俗气，却是一对理想伴侣：普米塔多么漂亮，有鲁伊斯·比利亚尔瓦家的cachet[1]和诺玛·希拉[2]的眼睛，现在她不在了，就像马里奥说的，只剩下我有这样的眼睛了。显然，她随心所欲，从不读《时尚》之外的读物，所以缺少法国戏剧界的那种魅力，不过马德莱娜·奥泽雷[3]是个丑陋滑稽的人物。最不像话的是人们告诉我她是自杀的。我自圣体大会以来就是很虔诚的天主教徒，她那种joie de vivre[4]我也有，但我不会去寻死。请别对我说，这桩丑闻令人难堪，说明我考虑不周，仿佛我要对付可怜的福门托还不够似的，他从椅背后面向着迷于公牛群的曼努埃

---

1 法文，特点。

2 Norma Shearer（1902—1983），加拿大裔美国女演员，好莱坞影星。1930 年凭借《弃妇》获得奥斯卡最佳女主角。

3 Madeleine Ozeray（1908—1989），法国舞台剧演员、电影演员。

4 法文，生活的乐趣。

尔插了一刀。有时我想起这件事，却又对自己说，再想也无济于事。

"里卡多以帅气的外表著称，可还有什么比与一个正派家族联姻更符合他希望的呢？他们那样的人——parvenus[1]，不过我很尊敬他的父亲，他来罗萨里奥时两手空空。普米塔并不天真，妈妈对她格外宠爱，在她的成年礼上出手阔绰，她还是个毛孩子的时候就订婚了，这并不令人奇怪。据说他们是在亚利瓦略尔以极其浪漫的方式认识的，就像埃罗尔·弗林[2]和奥莉薇·黛哈维兰[3]在《我们去墨西哥》里演的那样，那部电影的英文名字叫《阔边毡帽》。普米塔驾着她的敞篷跑车来到柏油碎石马路上时，小马脱了缰，而里卡多只有驾驭马球小马的技能，想当一回范朋克[4]，他将小马拦住了，也不是什么惊天动地的事。当他知道普米塔是我姊妹时，就彻底迷上了她。可怜的

---

1 法文，暴发户、新贵。
2 Errol Flynn（1909—1959），美国电影演员，曾主演《侠盗罗宾汉》等影片。
3 Olivia de Havilland（1916—2020），英国女演员，曾两次获得奥斯卡最佳女主角。
4 Douglas Fairbanks（1883—1939），美国电影演员、制片人、银幕上最早和最著名的好闹事的男主角之一。

普米塔，大家都知道，喜欢和家里的仆人眉来眼去。我邀请里卡多来拉蒙查庄园，虽然我们从未见过面。而指挥官勋章获得者——里卡多的父亲，您还记得吧——也竭尽全力促成他们。里卡多天天给普米塔送兰花，几乎让我厌烦，于是我和邦凡蒂结成了自己的小圈子，而这是另外一回事了。"

"您喘口气，夫人，"帕罗迪礼貌地插了句话，"现在外面的小雨停了，安格拉达先生，您可以利用这个机会给我做一下总结陈词。"

"容我开火……"

"你总是这么无聊。"玛丽亚娜说，向她乏味的嘴唇上仔细涂抹着口红。

"夫人所作的概述无可争辩，可是缺少实用的坐标。我作为勘测员，将开展强有力的总结。

"在皮拉尔，与拉蒙查庄园相邻的是指挥官圣贾科莫的公园、苗圃、温室、天文台、花园、游泳池、动物园、高尔夫球场、地下水族馆、仆人房、健身房和棱堡。这位尊贵的老人——咄咄逼人的眼睛，中等个子，红润的面色，还有凸显在雪白小胡子上的喜庆的方头雪茄烟——在公路、赛道和木制跳板上都不容小觑。现在容许我从快照转到动态影像，直截了当地介绍这位肥料普及者的生平。生锈的十九世纪在轮椅上辗转抽噎——那是日本屏风和无用的脚踏车的年代——罗萨里奥慷慨地向一个意大利移民，不，一个意大利男孩，敞开了它的咽门。我问：那个儿童是谁呢？我答：指挥官圣贾科莫。文盲、黑手党、变化莫测的天气、对阿根廷的未来秉持的盲目信念，这些是他的领航员。一位领事先生——我确认：是意大利领事，伊西德罗·福斯科伯爵——隐约感受到了这位年轻人的人格力量，不止一次向他提出了无私的忠告。

"一九〇二年，圣贾科莫在一辆环境卫生局大车的木制驾驶座上开启了艰难的人生；一九〇三年，他主导着一支顽强的吸污车队；从一九〇八年——他出狱的那年——起，他将自己的名字永久地与皂化油脂联系在了一起；一九一〇年，他欣然做起了鞣皮和粪肥生意；一九一四年，他以独眼巨人式的远见发掘了从阿魏中提取树脂的商机；战争打破了这个梦幻；我们这位处于灾难边缘的斗士猛地一转舵，又靠大黄站住了脚。意大利不久爆发出号召声，彰显它的力量。圣贾科莫在大西洋的另一岸报道，为战壕里的现代居民运去了一船大黄[1]。无知士兵的哗变并没有让他泄气；他的营养品堆满了热那亚、萨莱诺和卡斯特拉马雷的码头和仓库，不止一次地疏散了人口密集的住宅区。过量的食物供给得到了嘉奖：这位新晋的百万富翁在自己的胸前钉上了指挥官勋章和饰带。"

"瞧你讲故事的样子，像个梦游神，"玛丽亚娜不动声色地说着，继续撩着她的裙子，"在获封指挥官勋章之前，他已经同他派人去意大利找来的表妹结了婚，你还漏说了孩子的事。"

"我承认：我被言辞的 ferry-boat[2] 所左右。作为拉普拉塔河域的赫·乔·威尔斯[3]，请容许我倒溯时光的潮流，回到新婚之床：我们的斗士种下了他的子嗣。里卡多·圣贾科莫诞生了。他的母亲，那若隐若现的次要形象，消失了：她死于一九二一年。同年，死神（好像一个总按两遍铃的邮差）使他失去了对他从不吝惜鼓励之词的支持者伊西德罗·福斯科伯爵。我说，我毫不迟疑地重复：指挥官就此

1　大黄叶子曾在一战中被误作前线补给，其中的草酸具有毒性。

2　英文，渡船。

3　Herbert George Wells（1866—1946），英国科幻小说家、新闻记者、政治家、社会学家和历史学家。

转向疯狂。焚化炉咀嚼了他夫人的肉体，只留下了她的产物，她的印记：独生幼子。父亲，如同一块精神上的巨石，致力于对儿子的教育和关爱。我强调一个反差：像液压冲床一样严厉专横的指挥官——at home[1]，成了最易受儿子摆布的牵线木偶。

"现在我聚焦在这个后继者身上：灰色单翘檐帽，和母亲一样的眼睛，上撅胡子，举止形似胡安·洛穆托[2]，双腿好像一头阿根廷的半人马。这个泳池和赛马场上的主角还是位法学家，一个当代人。我承认他的诗集《梳风》算不上一串隐喻的铁链，可也不乏深厚的见解，显现出新结构主义的端倪。不过让我们这位诗人释放最大电压的领域实为小说。我预见，某位有力的批评家可能会强调，我们这位反传统者在打破旧模式之前，先复制了它们；不过这位批评家也必须承认复制的严谨和忠实。里卡多象征着阿根廷的前途。他有关钦琼伯爵夫人[3]的讲述把考古探索和新未来主义的震颤结合在

---

1 英文，在家里。

2 Juan Lomuto（1893—1950），阿根廷探戈钢琴家、作曲家、作词者。

3 即María Teresa de Borbón y Vallabriga（1780—1828），西班牙贵族。

了一起，其成果可以同甘迪亚[1]、莱韦内[2]、格罗索[3]、拉达埃利[4]的作品相提并论。幸运的是，我们这位探索者并不孤独。他富有自我牺牲精神的同奶兄弟埃利塞奥·雷克纳在远航中辅佐他，推动他。为了阐明这个追随者的形象，我将同拳头一样简洁明了：伟大的小说家负责写小说的中心人物，而让次要的写手去顾及次要人物。雷克纳（他是位宝贵的勤杂工）是指挥官众多私生子之一，比起其他人不好也不差。不，错了：他有一个鲜明的特征：对里卡多无可置疑的崇敬。现在我的镜头下出现了一个和金钱、和证券交易相关的人物。我在此揭去他的面具，引介指挥官的财产管理者乔瓦尼·克罗切。他的诽谤者编造说他是里奥哈[5]人，他的真名是胡安·克鲁斯。事实不然：他的爱国主义显而易见，他对指挥官的崇敬始终如一，他的口音非常难听。指挥官圣贾科莫，里卡多·圣贾科莫，埃利塞奥·雷克纳，乔瓦尼·克罗切，这便

1　Enrique de Gandía（1906—1995），阿根廷历史学家。
2　Ricardo Levene（1885—1959），阿根廷历史学家、法律学家。
3　Alfredo Bartolomé Grosso（1867—1960），阿根廷历史学家。
4　Sigfrido Radaelli（1909—1982），阿根廷作家。
5　西班牙北部的一个单省自治区。

是见证了普米塔最后日子的四重奏乐团。那些拿工资的乌合之众，我就理所当然地不点名了：园丁、杂工、车夫、按摩师……"

玛丽亚娜止不住插了话：

"看你这回怎么否认你心怀嫉妒、居心不良。你一点儿也没提到马里奥，他住在我们隔壁，房间里放满了书。他擅长在平凡人中识别出非凡的女人，每次从不浪费时间，立即像火鸡似的去给她送信，让你张大了嘴，一个字都吐不出来。他懂那么多，真是令人难以置信。"

"的确，我有时佯装沉默。马里奥·邦凡蒂博士是指挥官手下的一名西班牙语语言文学学者。他出版过为成年人改编的《熙德之歌》，并认真预想把贡戈拉的《孤独》变成严格的高乔式作品，为它加上饮水槽、水井、皮袄和海狸鼠毛皮。"

"安格拉达先生，您提到了那么多书，让我都头晕了。"帕罗迪说，"如果您想有点用，给我讲讲您已故的小姨子，反正她的事，我怎么都得听。"

"您同那位批评家一样，没有领会我的意思。伟大的画家——我说的是毕加索——总是将背景置于前景中，而将关键人物放在地平线上。我的作战计划也是如此。先勾勒出临时演员——邦凡蒂等——再把重点落在普米塔·鲁伊斯·比利亚尔瓦，放在 corpus delicti[1] 上。

"形象不能被外表所左右。普米塔以她少年的顽皮，以她略为蓬乱的优雅，首先是个背景幕布，她的作用是为了衬托出我夫人的丰满之美。普米塔死了，那幕剧在记忆中留下了难以言表的悲哀，同荒诞的大木偶剧一般：六月二十三日夜晚，在饭后闲聊中，随着我热情的话语，她笑着，跺着脚。二十四日，她躺在卧室里，中毒身亡。命运罔顾绅士作风，让我的夫人发现了她。"

二

在她身亡的前一天，六月二十三日下午，普米塔通过三部不完整但可贵的电影拷贝，见证了埃米尔·杰宁斯[2]的三次死亡：《背叛者》《蓝天使》和《最后命令》。是玛丽亚娜提议去百代俱

---

1 拉丁文，实际的犯罪事实。
2 Emil Jannings（1884—1950），德国演员，第一届奥斯卡奖最佳男主角获得者。

乐部的。回来时，她和马里奥·邦凡蒂坐到了劳斯莱斯的后排座位上。他们让普米塔和里卡多一起坐在前排，以成全在昏暗的电影院中开始的和解。邦凡蒂强烈谴责安格拉达的缺席：那位多产的作家当天下午正在撰写《电影摄制科学史》。他宁愿将研究基于自己身为艺术家的、绝对可靠的记忆之上，后者不会受到直接观看剧目往往带来的模糊而具有欺骗性的影响。

那天晚上，在卡斯特拉马雷庄园，饭后聊天十分辩证。

"我再次引用我的老朋友科雷亚斯大师的话，"邦凡蒂学究般地说道，他身着十字绣制的编织外套，赛车手夹克，花格呢领带，砖红色的简朴衬衫，带有一套铅笔、一支大号钢笔和一个裁判用手戴秒表，"我们偷鸡不成蚀把米。那些掌管百代俱乐部的花花公子让我们失望了。他们给我们放映了杰宁斯的电影集，却跳过了他最显著、最杰出的作品。我们被剥夺了由巴特勒[1]的讽喻作品改编的那部《众生之路》。"

"要是我也会这么做，"普米塔说，"杰宁斯的所有电影都是《众生之路》那样的。每次都是一样的情节：开始时幸福

---

1 Samuel Butler（1835—1902），英国小说家、散文家。

接踵而至，后来他倒霉、沦落。非常乏味，与现实一样。我打赌指挥官会同意我的说法。"

指挥官犹豫了，玛丽亚娜立即插话：

"所有这些都是多亏了我的提议。可你哭得惨兮兮的，连睫毛膏都顾不上了。"

"是的，"里卡多说，"我看见你哭了。你一紧张，又要去服用你放在柜子上的安眠药。"

"你太笨了，"玛丽亚娜说，"你知道大夫说过，那些乱七八糟的东西对健康不利。我不一样，我得成天对付那些仆人。"

"如果我睡不着，就只能胡思乱想。再说了，这也不会是我的最后一个晚上。您相不相信，指挥官，有些人的生活同杰宁斯的电影一模一样？"

里卡多明白，普米塔是想逃避失眠的话题。

"普米塔说得有道理，谁也无法逃脱自己的命运。莫甘蒂打起马球来无往不胜，直到他买了那匹给他带来厄运的桃花马。"

"不，"指挥官喊起来，"Homme pensant[1] 不相信有厄运，

---

1 法文，有思想的人。

我可以用这只兔脚[1]战胜它。"他从无尾常礼服的内兜里掏出兔脚，兴奋地挥舞着。

"这就叫作对下颚的一记直击，"安格拉达鼓掌称道，"纯粹的理性，加上纯粹的理性。"

"要我说，肯定有些人，他们的生活里没有任何事情是偶然发生的。"普米塔坚持说道。

"你看，如果你说的是我，你就栽了，"玛丽亚娜说，"如果我的家一团糟，那也得怨卡洛斯，他总是暗中监视我。"

"生活中不应该发生任何偶然的事情。"克罗切悲伤的嗓音嗡嗡作响，"如果没有方向，没有记录，我们会直接陷入俄式混乱，陷入契卡[2]的暴政。我们应该承认：在'恐怖的伊万'的统治下，没有自由意志可言。"

里卡多明显陷入深思，最终他说：

"事情，是不会偶然发生的。而……如果没有秩序，就会从窗外飞进一头母牛。"

---

1 西方文化中常常将兔脚视为护身符。
2 苏联全俄肃反委员会俄文缩写的音译，是苏联情报组织，后改组为国家政治保卫局。

"哪怕是最天马行空的神秘主义者，圣德肋撒[1]，鲁伊斯布鲁克[2]，布洛修斯[3]，"邦凡蒂确认道，"都得遵从教会的imprimatur[4]，获得教会的印章。"

指挥官捶了一下桌子。

"邦凡蒂，我不想冒犯您，不过您隐瞒也没有用。您，确切意义上说，是个天主教徒。您应该知道，我们这些苏格兰礼仪大东方社成员，穿戴得仿佛神父一样，没有必要嫉妒任何人。当听说一个人不能实现他所有的幻想时，我的血液都在沸腾。"

一阵难堪的沉默。几分钟后，面色苍白的安格拉达才敢结结巴巴地说：

"技术型击倒。命定论者的第一道防线已被突破。我们越过防线，对手在大乱中窜逃了。在视线可及的范围内，战场上处处是被丢弃的武器和辎重。"

---

1 Saint Teresa of Avila (1515—1582)，西班牙修女，重整基督教加尔默罗山圣母修会。

2 Jan van Ruysbroeck (1293—1381)，罗马天主教神秘主义者。

3 François-Louis Blosius (1506—1566)，生于佛兰德的本笃会修士，神秘主义作家。

4 拉丁文，由罗马天主教授予的出版许可，针对涉及《圣经》及宗教神学问题的作品。

"你不要装得是你在争论中取胜，因为不是你说的，你哑口无言。"玛丽亚娜毫不留情地说。

"别忘了，我们说的所有话都会被记录到指挥官从萨莱诺带来的本子上。"普米塔不经意地说。

阴郁的财产管理者克罗切企图改变谈话的方向：

"亲爱的埃利塞奥·雷克纳，你想对我们说什么？"

一个大个子、患白化病的年轻人以老鼠般的声音回答道：

"我很忙，里卡多就要完成他的小说了。"

里卡多脸红了，澄清道：

"我工作起来像个鼹鼠，可是普米塔劝我别着急。"

"换作是我，会把草稿存放到一个大箱子里，过九年再说。"普米塔说。

"九年？"指挥官叫道，几乎快中风了，"九年？但丁发表《神曲》也就是五百年前的事情。"

邦凡蒂带着一种贵族的派头赶紧附和指挥官。

"正是，正是。这种拖延纯粹是哈姆雷特式的，带着北欧的风格。罗马人以另外一种方式理解艺术。对于他们来说，写作是一种和谐的表现，是舞蹈，而非野蛮人的学科，那种以假正经的折磨替代密涅瓦所未赋予的艺术灵感。"

指挥官也坚持道：

"一个不把脑袋里酝酿的所有东西写出来的人等同于西斯廷礼拜堂里的阉伶，不能称作真正的男人。"

"我也认为作家必须倾其所有，"雷克纳说，"自相矛盾并不要紧，重要的是要把所有人性的茫然都倾注到纸上。"

玛丽亚娜插嘴说：

"我给妈妈写信的时候，如果我停下来想，就什么也想不出来。相反，如果我随意写下去，会写得相当好，不知不觉就一张一张地写满了。就说你吧，卡洛斯，你也承认，我生来就是要写作的。"

"你看，里卡多，"普米塔说道："我要是你，就不会听从任何除我以外的劝告。你应该特别注意自己出版的东西。你想想，布斯托斯·多梅克，那个圣菲人，他发表了一篇故事，结果后来发现维利耶·德·利尔-阿达姆[1]已经写过了。"

里卡多严厉地回答道：

---

1 Auguste de Villiers de L'Isle-Adam（1838—1889），法国象征主义诗人、剧作家、短篇小说家。

"两个小时前我们刚刚和好，现在你又在挑事。"

"平静下来，普米塔，"雷克纳说，"里卡多的小说一点儿也不像维利耶。"

"你没有理解我的意思，里卡多，我是为你好。今天晚上我很紧张，不过明天咱们得好好谈谈。"

邦凡蒂想取胜，以权威的口吻说道：

"里卡多如此明智，不会向新生艺术的虚假呼声投降，那种艺术不扎根于拉丁美洲或西班牙语的传统。一个不能从血液和故乡中获得灵感的作家是个 déraciné[1]，一个冷漠无情的人。"

"我都认不出你了，马里奥，"指挥官表示赞许，"你这回没有像小丑一样说笑。真正的艺术来源于土地，这是一条可证实的定律。我把最名贵的马达洛尼红酒都藏在了酒窖的最深处。整个欧洲，乃至美国，都在把大师的作品往加固的酒窖里藏，为的是不让它们受到炸弹的侵扰。上星期，一位有名誉的考古学家用手提箱带来一尊赤陶土美洲狮像，是在秘鲁发掘出来的。他以成本价卖给了我，现在我把它放在私人

---

1 法文，无根的人。

写字台的第三个抽屉里。"

"一尊美洲狮[1]？"普米塔惊讶地问道。

"是的。"安格拉达说。"阿兹特克人预料到了你的出现。我们对他们不能要求太高。尽管他们是未来主义者，但也无法想象出玛丽亚娜的实用之美。"

（以上谈话内容由卡洛斯·安格拉达以充分的精确向帕罗迪转述。）

三

星期五一大早，里卡多·圣贾科莫与帕罗迪交谈。他显得十分忧伤。他面色苍白，穿着丧服，没有剃须。他说前天晚上他没有睡着，他已经几天没有睡觉了。

"在我身上发生的事情太残酷了。"他黯然说道，"真是太残酷了。您，先生，从公寓楼到监狱，过着一种应该说是相对正常的生活，您根本无法揣测这一切对我来说意味着什么。我

1　西班牙语中"美洲狮"的发音与"普米塔"相同。

也经历过很多事，可是我从来没有遇到过不能马上解决的问题。您看：当多莉姐妹中的一个跟我商讨私生子的事，我那个老家伙，看起来像个完全不谙其道的先生，随即用六千比索把事情了结了。再者，也必须承认我的运气不是一般的好。不久前在卡拉斯科[1]，一场轮盘赌让我输得分文不剩。真是可怕，周围的人都为我捏了把汗。不到二十分钟，我输了两万比索。您看看我落到什么地步，我连打电话到布宜诺斯艾利斯的钱都没有了。尽管如此，我还是一身轻松地来到阳台上。您敢相信，我马上就把问题解决了吗？出现了一个说话带鼻音的小人物，他一直仔细注意着我，借给我五千比索。第二天，我就回到了卡斯特拉马雷庄园，赢回了乌拉圭人从我这抢走的两万比索中的五千，从那个小人物的眼中消失了。

"与女人的事情，就更不用说了。如果您想消遣一下，可以去问米奇·蒙特内格罗，看看我是什么样的花花公子。反正在所有事情上我都是这样：您看一下我是如何学习的。我连书都不翻开，到了考试那天，我随便说个笑话，评审委员

1　Carrasco，乌拉圭首都蒙得维的亚东南海岸上的一个奢华住宅区。

会就对我大加赞赏。现在那个老家伙，为了让我忘掉普米塔造成的不快，想让我从政。萨波纳罗博士很精明，他说他还不知道哪个党更适合我，但我愿意用任何东西跟您打赌，我下半场能在议会里谋个位置。在马术比赛里也是一样：谁的小马最厉害？谁是托尔图加乡村俱乐部的冠军？我再说下去就没意思了。

"我不是信口开河，像原本要成为我大姨子的拉巴尔塞纳那样，或是像她丈夫，总是谈论着足球，却连个标准球都没见过。我希望您仔细想想。我本来快要和普米塔结婚了，她喜怒无常，可也算是绝色。一夜之间，她就氰化物中毒，直接说，就是死了。人们先是传说她是自杀。真是瞎说，因为我们本要结婚的。您想象一下，我怎么会把我的名字与一个有自杀倾向的疯子联系在一起？后来又说她不小心服了毒药，好像她没脑子似的。现在又传出新说法，说她是被谋杀的，让我们所有人都受到了牵连。您让我说什么好呢？在谋杀与自杀两种说法之间，我倾向于自杀，虽然那也是胡说八道。"

"您看，小伙子，您说了这么多，这间牢房像被贝利萨里奥·罗尔丹[1]附体了。我一不留神，就溜进一个小丑来，讲什么历书里的星宫，一列在中途任何地方都不停的火车，或者一位既不是自杀，也不是意外服毒，又不是被人杀害的未婚妻。我要通知格龙多纳副局长，下次瞥见这样的人，就按着他们的头打入牢房。"

"可是如果我想帮助您，帕罗迪先生，或者是说，我想要求您帮助我……"

"很好。我喜欢这样的人。那么，咱们一样一样来。死者原来已经甘心要和您结婚了？您能肯定？"

"这是确凿无疑的事情。普米塔变化无常，但她很爱我。"

"请注意我的问题。她怀孕了吗？还有另外的蠢人追求她吗？她缺钱吗？生病了吗？还是已经很厌倦你了？"

圣贾科莫思考之后，做出了否定的回答。

"您现在给我解释一下安眠药的事情。"

"博士，我们并不希望她吃药。可是她想方设法买药，藏在房间里。"

---

1 Belisario Roldán（1873—1922），阿根廷诗人、剧作家、演说家。

"您能够进入她的房间吗？其他人呢？"

"所有人都能进，"年轻人肯定地说，"您知道，所有卧室都朝向竖着雕像的圆形大厅。"

四

七月十九日，马里奥·邦凡蒂闯进二七三号牢房。他迅速脱掉了白色的雨衣，摘掉软呢帽，把藤手杖扔到牢房的床铺上，用炼油打火机点燃了新潮的海泡石烟斗，又从暗衣兜里掏出一块褐黄色的矩形麂皮，用力擦了擦墨镜的镜片。在两三分钟的时间里，他那清晰可闻的呼吸声拂动着色彩斑斓的围巾和织线细密的羊毛背心。他饱满的意大利腔装点着西班牙语的咬舌音，透过牙齿矫正器显得潇洒又果断。

"您，帕罗迪大师，大概很了解警察的各种花招和侦探的策略。我明确地向您承认，我更注重学术研究，而非错综复杂的刑侦调查，结果这一切让我措手不及。总之，有警察在那儿，一口咬定普米塔的自杀是场谋杀。事实是那些幕后的埃德加·华莱士[1]们视我为眼中钉。我是纯粹的未来主义者，进步人士。几天前，我慎重决定对某些情书进行一次'得体的审查'。我想净化精神，将自己从情感负担中解脱出来。点出这位夫人的名字有些多余：无论是我还是您，伊西德罗·帕罗迪，都对姓氏这一细节不感兴趣。多亏这个briquet[2]，请允许我用法语称呼它，"邦凡蒂兴奋地挥舞着那个可观的物品，补充道，"我在我的卧室兼书房的壁炉里将书信点燃。您看，那些猎犬大惊小怪。一次并无恶意的纵火将我从舒适的家居生活和惯常的稿纸里驱逐了出去，在德沃托区[3]度过了一整个周末。当然，我在内心深处还是超脱的，不过失去了喜悦，连喝凉水都塞牙缝。我以最诚挚的态度问您：'您判断我处于危险之中吗？'"

"您确实冒着继续说下去，会一直说到最后审判之日的风险。"帕罗迪答道，"如果您再不放松下来，会被当做西班牙人。别再一副醉醺醺的模样，告诉我您所知道的有关里卡

1　Edgar Wallace（1875—1932），英国犯罪小说作家、编剧、制片人和导演。

2　法文，打火机。

3　指德沃托监狱，于1927年建于布宜诺斯艾利斯。

多·圣贾科莫死亡的情况。"

"我的所有表述手段和我的辞藻丰盛角[1]都听候您的吩咐。我立刻就可以为您勾勒这件事的概况。有您的洞察力为鉴，最亲爱的帕罗迪，我不会隐瞒，普米塔的死影响了——或者说彻底打乱了里卡多的生活。玛丽亚娜·鲁伊斯·比利亚尔瓦·德·安格拉达夫人以她令人嫉妒的风趣一再重复，'那几匹小马是里卡多的全部。'这并非胡说。当我们得知憔悴、暴躁的他竟把那些高贵的小马卖给了贝尔城我也不知道是哪个骑手时，您可想而知，我们有多惊讶，那些马昨天还是他的心肝宝贝，今天看着就烦，一点儿也不喜欢了。他不再悠闲轻松。即使他的小说《午时之剑》发表了，也不能让他振奋起来。送给印刷厂的手稿是我亲自润色的，在这方面您是行家，一定会有所察觉，不止一处极具我个人特色的修改，每一处都像鸵鸟蛋那样明显。现在要提的是有关指挥官的一个细节，一个精心策划的计谋。父亲为了排解儿子的苦闷，偷偷加紧出版了他的作品，在不到猪爬一个坡的时间

---

1 丰盛角，源于希腊神话中母山羊阿玛尔忒亚的角，表示从中可以得到自己希望得到的任何东西，并且取之不尽。

里，为他印制了六百五十册书，用的是布纹纸，参考了《魔鬼圣经》[1]的版式。指挥官私下还与顶尖的医生进行多次对话，与银行的挂名者交谈，拒绝资助塞尔乌斯男爵夫人，她专横地掌管着反犹太救济协会的权杖。他把财产分为两部分，其中较多的那笔归他的合法继承人所有——一百多万投资了地铁，五年之内可以再翻两倍——而较少的那笔，购置了债券，归私生子埃利塞奥·雷克纳所有。所有这些并不妨碍他无限期地推迟给我的酬金，以及对印刷厂的主管、他的债务人发火。

"赞美比真相好听：《午时之剑》出版一星期后，何塞·玛利亚·佩曼先生为它撰写了一篇颂词，不用说，一定是为这本书中的某些镶边和装饰所感染，任何一个明白人都能鉴别出这些细节，它们与雷克纳粗俗的句法和有气无力的词汇不相匹配。里卡多本来挺走运的，可他考虑欠佳，一意孤行，还是固执地为普米塔之死无谓地哭泣。我能想象您自言自语：让死者安息

---

1 世界上现存最大的中世纪《圣经》手抄本，于13世纪早期制作于波希米亚地区的一所本笃会修道院内，因其中巨幅的魔鬼插图和围绕抄书人的诡秘传说而著称于世。

吧。我们眼下不必为这一说法而进行无用的争吵。我向您明确说明，我曾亲自向里卡多建议，他需要，甚至可以说最好，抛开眼下的忧伤，在丰富的历史源泉中寻找抚慰，过去是一切新芽的宝库和视窗。我向他建议重温一些在普米塔出现之前的艳遇。好建议让人事半功倍，话音刚落，事情就有了进展。在不到一个老头儿咳嗽的时间里，我们的里卡多复原了，开朗起来，他乘上了通往塞尔乌斯男爵夫人家的电梯。我是一流的记者，不会向您省略真实可信的细节，即这位女士的名字。另一方面，历史也表明了精致的原始主义是那位尊贵的日耳曼夫人无可争议的专利。第一幕发生在一九三七年那个纯真的春天，由水上舞台转向陆地。我们的里卡多透过双筒望远镜暗中观察着一场女子划船比赛预选赛的起起伏伏。路德维希港的女神对阵海王星俱乐部的可人儿。突然间，悠闲的望远镜停下了脚步，令观察者惊叹，它贪婪地注视着塞尔乌斯男爵夫人纤细匀称的身材，驾驭着她的鱼鳞式木壳船。当天下午，一份陈旧的《体育周报》被撕得支离破碎。那天晚上，一幅男爵夫人的小像使得年轻人久久不能入睡，她被身旁的德国短毛猎犬衬托得光彩异常。一星期后，里卡多对我说：'一个法国女疯子给我打电话，让我烦透了。为了让她放弃，我只能去见见她。'就像您看到的，我说的是死者的 ipsissima verba[1]。我概述一下第一个情爱之夜。里卡多到了上述那位女士的住宅，乘着电梯向上升，被带进一个隐秘的小厅。他进去了，突然间，灯灭了。两种设想出现在年轻人的脑海中：一是电路短路，二是他被绑架了。他呜咽了几声，抱怨了两下，诅咒了自己的出生，最后伸出双臂。一个疲惫的声音带着甜蜜的威严乞求他。阴影十分宜人，沙发也恰巧合适。黎明，那位永恒的女神将视觉还给了他。我不再含糊其词，最可爱的帕罗迪：里卡多在塞尔乌斯男爵夫人的怀中悠悠醒来。

"您的生活同我的一样，更加稳定，更惯于久坐，也许也更有闲暇思考，因此不需要这种类型的情节，而在里卡多的生活里，它们数不胜数。

"他为了普米塔的死垂头丧气，于是去找了男爵夫人。我们的格雷戈里奥·马丁内斯·西埃拉[2]曾严肃而正确地提出，女人就是现代的斯芬克斯。您当然不会要求我这样的绅士逐一转

---

1 拉丁文，确切原话。
2 Gregorio Martínez Sierra（1881—1947），西班牙作家、诗人、剧作家、导演，20 世纪初期西班牙前卫派戏剧创作的代表人物。

述尊贵而变化莫测的夫人与她胡搅蛮缠的情人之间的对话，后者将她视为可以倾诉忧伤的对象。这些流言蜚语更适合留给粗鲁的亲法的小说家，他们不在意真相。而且我不知道他们谈了什么。事实是半小时之后，里卡多饱受打击，垂头丧气地乘坐那部昔日曾使他洋洋得意的电梯下楼。悲剧由此拉开了帷幕，正式开场。你糊涂了，里卡多，你要跌下悬崖了！唉，你已经滚入了疯癫的深渊。我不会向您省略那费解的苦路上的任何一步：与男爵夫人谈话后，里卡多去了多莉·瓦瓦苏尔小姐家，她是个地位低微的巡回喜剧演员，没有牵挂，我知道他们之间有段情事。如果我详述，如果我延长了关于那女人的唠叨，那帕罗迪，您一定会很恼怒，而勾勒她的全部形象只需一笔。我曾很有心地给她寄去我的《贡戈拉已经全说了》，附上了我的亲笔题词和签名。可那粗鲁的女人却以沉默作答，我寄去了甜品、点心和糖浆都没有让她心软。除了这些，我还寄了《在胡里奥·塞哈多尔-弗劳卡的某些小册子里细寻阿拉贡的方言用语》，我给她寄的是精装本，而且还是通过大光辉邮递公司送到她的私人住宅的。我苦思冥想，一再问自己，究竟是什么鬼迷心窍的原因，什么样的道德败笔把里卡多的脚步引向了那个我有幸从未踏入的魔窟。那是一个臭名昭著的、满足谁知道是怎样的嗜好的地方。惩罚从罪孽中而生。里卡多经过与那个英国女人一番悲伤的谈话之后，匆忙而沮丧地来到街上，一再咀嚼着他失败的苦果。他得意的软呢帽佩戴上了疯癫的翅膀。离那个外国女人家不远——在洪卡尔大街与埃斯梅拉达大街的交界处，为了在此添加一抹都市风光，他重振了男性气概，毫不犹豫地乘上一辆出租车，随即到达了位于迈普街九百号的一个家庭旅馆门前。顺畅的西风吹起了他的帆。在那个僻静的落脚处，那个多亏金钱之神才不被路人指手划脚的地方，当时住着艾米·埃文斯小姐，她现在也住在那里。她保有女性特质的同时，还出谋划策，打探气候，一句话，她在一家泛美集团工作，集团的当地头目是赫瓦西奥·蒙特内格罗，其使命美其名曰是鼓励南美的女性——‘我们的拉丁姐妹’，像埃文斯小姐大方说到的那样——移民到盐湖城及其四周郁郁葱葱的庄园去。埃文斯小姐的时间很值钱，尽管如此，她还是从看信的时间中挤出了 un mauvais quart d'heure[1]，非常高尚地接待了曾

经回避她的勾引、而今为情所伤的朋友。与埃米斯小姐聊十分钟天足以让性情最脆弱的人[1]'振作起来'。里卡多说道,'去他的吧!'情绪低落,上了下行电梯,眼睛里铭刻着自杀的字样,对一个具有占卜师的洞察力和耐心的人来说,一目了然。

"在黑色忧郁的时刻,没有什么良药比得上简单而又幽静的大自然了,它受到四月的召唤,充满夏意地铺满了平川和隘道。受挫的里卡多希望在乡村独处,径直去了阿韦亚内达。蒙特内格罗家的大房子打开了悬挂着幕帘的法式玻璃门,迎接他的到来。男主人热情好客,是个彻头彻尾的男子汉,收下了一支加长的皇冠牌雪茄,一吞一吐,谈笑风生,同预言家般模棱两可,东拉西扯,结果我们的里卡多一边苦恼,一边生着闷气,飞速回到了卡斯特拉马雷庄园,仿佛有两万个极丑陋的魔鬼在追他似的。

"疯癫幽暗的前厅就是自杀的等候室:那天晚上,里卡多没有与任何可以让他振作起来的人交谈,任何一个同胞或是哲学家,而是陷入了和那位思维混乱的克罗切的一系

---

1 马里奥有时十分强硬。——玛丽亚娜·鲁伊斯·比利亚尔瓦·德·安格拉达夫人注。

列秘密会议中，而那位财产管理者比他账簿上的代数更索然枯燥。

"我们的里卡多在病态呓语中耗费了三天时间。星期五，他闪现出了瞬间的清醒：他 motu proprio[1] 出现在我的卧室兼书房里。为了给他的精神消毒，我请他修改我即将再版的罗多[2]《阿列尔》[3]的校样，这部杰作用冈萨雷斯·布兰卡[3]的话来说，'在灵活性上超过了巴莱拉[4]，在文采上超过了佩雷斯·加尔多斯[5]，在精致程度上超过了帕尔多·巴桑[6]，在现代感上超过了佩雷达[7]，在理论学说上超过了巴列·因克兰[8]，在批判精神上超过了阿索林'。我猜想若是换了别人，会为里卡多开副惯用的汤剂，而非我所提议的'狮子的骨髓'[9]。尽管如此，这份引

1　拉丁文，出于本意、自愿。
2　José Enrique Camilo Rodó Piñeyro（1871—1917），乌拉圭作家、散文家，1900 年发表的《阿列尔》取材于莎士比亚的《暴风雨》，对拉丁美洲的现代主义文学产生了极大影响。
3　Andrés Conzález-Blanco（1886—1924），西班牙小说家、诗人、文学评论家。
4　Juan Valera（1824—1905），西班牙现实主义作家、外交家、政治家。
5　Benito Pérez Galdós（1843—1920），西班牙现实主义作家。
6　Emilia Pardo Bazán（1851—1921），西班牙作家、记者、编辑、学者。
7　José María de Pereda（1833—1906），西班牙小说家、现实主义作家。
8　Ramón del Valle-Inclán（1866—1936），西班牙剧作家、小说家。
9　指能赋予人活力与体能的事物。

人入胜的工作没做几分钟，逝者就和善地主动告辞了。我还没戴好眼镜准备继续工作，圆形大厅的另一侧就响起了致命的枪声。

"我与雷克纳迎面相遇。里卡多的卧室的门半开着。尸体背朝地，鲜血浸透了柔软的皮毯。依旧温热的左轮枪守护着主人的长梦。

"我公开表示，这一切是事先计划好的。逝者留下的可悲字条证实了这一点：他写得十分粗糙，好像一个对文字的潜力全然无知的人；贫乏，好像一个并不具备形容词储备的草率之人；乏味，好像一个没有写作功底的人。这张字条证明了我在讲台上曾多次暗示的一点：我们所谓的院校毕业生不了解字典的奥秘。我来念一下，您听了，一定会成为这场为文采而斗争的运动中最富有激情的斗士。"

下面就是在伊西德罗先生把邦凡蒂赶出去之前，后者念的那封信：

最悲惨的是我一直是幸福的。现在事情发生了变化，而且还会继续变化。我自杀是因为我已经什么也理

127

解不了了。我所经历的一切都是场骗局。我不能向普米塔告别，她已经死了。而我父亲为我所做的事情，世界上没有任何一个父亲可以与之相比。我希望所有人都知道这点。永别了，忘记我吧。

里卡多·圣贾科莫，皮拉尔，一九四一年七月二日

五

不久，帕罗迪接待了圣贾科莫家的家庭医生贝尔纳多·卡斯蒂略。对话很长而且隐秘。伊西德罗与会计乔瓦尼·克罗切的对话也可如此形容。

六

一九四二年七月十七日，星期五。马里奥·邦凡蒂慌乱地进入二七三号牢房。他身着颜色暗淡的雨衣，老旧的软呢帽，苍凉的花格呢领带和崭新的足球俱乐部运动衫。一个巨大的托盘令他行动不便，上边罩着一块无瑕的餐巾。

"为您养精蓄锐，"他喊道，"还没等我数到一，您就会舔起指头来，最风趣的帕罗迪先生。甜油饼加蜂蜜！这些肉馅糕点是由老手烹制的。托盘上是公主家的盾形徽章和座右铭——Hic jacet[1]。"

一根藤手杖使他有所节制。挥舞着它的第三个火枪手是赫瓦西奥·蒙特内格罗——他戴着乌丹[2]的高顶礼帽，张伯伦的单片眼镜，蓄着感性的黑胡须，穿着一件袖口和领子由海狸鼠皮制成的长大衣，戴着钉单独一颗门达克斯珍珠的宽领带，脚踏星云鞋，戴着布尔平通[3]式的手套。

"很庆幸能与您相遇，我可爱的帕罗迪。"他潇洒地感叹道，"请原谅我秘书的无聊话。我们不会被休达德拉大街和圣费尔南多大街的诡辩所蒙蔽。任何能独立思考的人都知道，阿韦亚内达凭借自身就已经是佼佼者了。我不厌其烦地向邦凡蒂重复说，他那些俗语和古语都是 vieux jeu[4]，不合时宜。

---

1 拉丁文，长眠于此。
2 Jean Eugène Robert-Houdin（1805—1871），法国钟表匠、魔术师和幻术师。
3 赫·乔·威尔斯于 1932 年出版的小说《布卢普的布尔平通》中的主人公。
4 法文，过时的把戏。

我徒劳地指导他依照一套严格的体系阅读，其中包括阿纳托尔·法朗士、奥斯卡·王尔德、图莱[1]、胡安·巴莱拉、弗拉迪克·孟德斯[2]和罗伯托·加切[3]，可这些都无法深入他倔强的大脑。邦凡蒂，不要这么固执反叛，立刻放下你手里的肉馅糕点，去哥斯达黎加大街五七九一号那家'盛开的玫瑰'，那个清洁卫生公司，看看你能否做些贡献。"

邦凡蒂低声说好，鞠躬，行吻手礼，庄严地离开了。

"您，蒙特内格罗先生，多了匹听话的马，"帕罗迪说，"有劳打开那个通风口，这些馅饼闻起来像是猪油里炸的，会把我们熏晕的。"

蒙特内格罗以决斗时的敏捷，登上一个凳子，按照大师的吩咐做了，然后戏剧化地一跃而下。

"欠债总得还。"他盯着一个压瘪了的烟头说道。他掏出一只大金表，上了弦，看了看，说："今天是七月十七日。整整一年前，您破解了卡斯特拉马雷庄园残忍的谜团。在友好

1　Paul-Jean Toulet（1867—1920），法国诗人、小说家、连载小说家。

2　Carlos Fradique Mendez，葡萄牙小说家艾萨·德·克罗兹及其友人虚构的人物。

3　Roberto Gache（1891—1966），生于布宜诺斯艾利斯的喜剧作家、律师。

的气氛之下，我举杯提醒您，当时您答应过我，在这一天，满一年的时候，揭开这个谜团。我并不向您隐瞒，可爱的帕罗迪先生，作为一个梦想家，我在扮演商人和作家之余设想出了一种极其有趣的理论，很新颖。也许以您严谨的思维能够为那种理论，那座智力的高楼添砖加瓦。我并非一个闭塞的建筑家。我伸出手，迎接您的微薄贡献，同时，cela va sans dire[1]，我保留摒弃一切不可靠和不切实际的内容的权利。"

"别担心，"帕罗迪说，"您的微薄贡献会和我的不谋而合，特别是如果您先说的话。您讲吧，亲爱的蒙特内格罗。能说者优先。"

蒙特内格罗赶紧答道：

"这不行。Après vous, messieurs les Anglais.[2] 此外，不瞒您说，我对此事的兴趣已经奇迹般地减弱了。指挥官令我失望。我本来以为他会是个可靠的人。他已经死于——请注意强有力的隐喻——街头了。司法拍卖的金额几乎不够偿还他的债务。我不否认，雷克纳的处境令我嫉

---

1 法文，无须多言。
2 法文，您先请，英国的先生们。

炉，我也在那次拍卖中大赚了一笔，以荒谬的价格购置了清唱剧的剧本和一对貘。公主也没有什么可抱怨的：她从一个外国平民手里救出一尊赤陶土蛇像，一件秘鲁出土的文物，指挥官从前把它珍藏在私人办公桌的抽屉里，而现在它放在我家候客厅的显著位置，渲染了神话气氛。Pardon[1]，我上次来访的时候，向您谈到过那条令人不安的蛇。我是一个品位很高的人，我本来暗地里惦记着波丘尼[2]的一件青铜像，一个有生气、有启发性的怪物，后来不得不弃它而去，因为那位迷人的玛丽亚娜——不，安格拉达夫人——看上了它。我于是选择潇洒退让。这步开局让棋得到了回报：现在我们之间的关系尤其热烈。不过我跑题了，使您分心了，亲爱的帕罗迪。我在此驻足，期待您的解答，我已经对您有激励之言在先。我非常自豪地与您交谈。毫无疑问，我这句话会让不止一个怀有恶意的人发笑。但您知道，我从不开空头支票。我已经逐一实现了我的诺言。我已经向您简要描述了我与塞尔乌斯男爵夫人，与洛

1　法文，请原谅。
2　Umberto Boccioni（1882—1916），意大利雕塑家、画家、未来主义领军人物。

洛·比古尼亚·德·克鲁伊夫，以及与那个令人着迷的多洛雷斯·瓦瓦苏尔的有关情况。我运用了五花八门的借口与威胁，让乔凡尼·克罗切，这位会计中的加图，冒着毁坏名誉的风险，在潜逃出国之前到访这座监狱。我为您提供了不止一本那充斥着联邦首都和郊区的恶毒小册子，原作者在匿名的保护之下，在还未合拢的墓穴前，滑天下之大稽，指控里卡多的小说与佩曼的《圣维瑞纳》之间有谁知道是什么荒谬的雷同，这部作品被里卡多的文学导师——埃利塞奥·雷克纳和马里奥·邦凡蒂——奉为严格的范本。幸好塞巴斯科博士将其比作《盖费罗先生的罗曼长诗》，尽了最大努力，证明里卡多的小作虽然窃取了佩曼的浪漫长作中的一些章节——在最初的灵感孵化时，这是完全可以原谅的巧合——但更应该被看作是保罗·格鲁萨克《彩票》的临摹本，将那部著作的情节回溯至十七世纪，以不断描述奎宁保健作用的惊人发现而值得受到尊敬。

"Parlons d'autre chose[1]，我照顾您老人的任性，我亲爱的

---

1 法文，谈谈其他事吧。

帕罗迪，终于让卡斯蒂略大夫，那位着迷于麸皮面包和面糊的布莱卡曼[1]，短暂地离开他的水疗诊所，以专业的眼光审视您。"

"别再扮滑稽相了。"帕罗迪说，"圣贾科莫家的谜团所绕的圈比钟表还多。您看，自从安格拉达先生和拉巴尔塞纳那天下午向我讲述在第一桩死亡前一天有关指挥官的争论之时，我就开始梳理思绪。已故的里卡多、马里奥·邦凡蒂、您、司库和医生后来对我说的那些证实了我的怀疑。可怜的小伙子留下的字条将一切都解释清楚了。就像埃内斯托·蓬齐奥[2]说的：

> 命运如此有条不紊，
>
> 容不下多一个线头。

"甚至老圣贾科莫去世和那个匿名的小册子都可以帮助我们解开这个谜团。假如我不认识安格拉达先生，会猜想他

---

1 原名为 Enrique Adolfo Carbone，意大利裔阿根廷魔术师与表演家。

2 Ernesto Ponzio（1885—1934），阿根廷小提琴家，以演奏探戈乐曲著称。

已经开始看清了事实，因为为了要讲述普米塔之死，他非得追溯到老圣贾科莫在罗萨里奥登陆之时。上帝借笨蛋之口道出了真相：故事确实从那个时间、那个地点开始。警察着眼于眼前的动态，什么都发现不了，因为他们想到的是普米塔，是卡斯特拉马雷庄园和一九四一年。可是我，在牢里待了那么长时间，已经成了历史学家。我喜欢回忆一个人年轻的时候，还没有被送进监狱的时候，还有点闲钱的时候。故事——我重复一下——从很久之前就开始了，而指挥官是其中最关键的要素。您仔细琢磨一下这个外国人。安格拉达先生对我说，一九二一年，他几乎疯了。我们来看看发生了什么事。从意大利移民来的夫人死了。他几乎不认识她。您想象得出一个像指挥官这样的男人因此发疯吗？您闪开一下，我要吐痰。又是据安格拉达说，他的朋友伊西德罗·福斯科伯爵之死也使他无法入眠。这哪怕写在历书里，我都不会相信。伯爵是位百万富翁，是位领事，而指挥官当时还是个小瘪三，伯爵能给他的只是些忠告。这样的朋友去世了，更像是一种解脱，除非成心自我折磨。他生意也做得不错。他让所有意大利的士兵咽下他以食品价格出售的大黄，直到他们授予他指挥官勋章的绶带。那他到底怎么了？还是那个一贯的故事，我的朋友：意大利女人与福斯科伯爵鬼混。更糟糕的是，当他发现了其中有诈的时候，两个狡猾的人已经死了。

"您知道卡拉布里[1]人的复仇心有多重，又如何心存积怨，连十八号警局的书记员都比不过他们。指挥官已经不能向那个女人和老是给予他建议的伪君子报仇了，他只能在两个人的儿子里卡多身上报仇雪耻。

"任何一个人，比如说您，为了复仇，都会对那个儿子百般刁难，如此而已。老圣贾科莫却为仇恨所吞噬，一个连密特雷[2]将军都难以想到的计划形成了。这是一个细致而又漫长的大计，值得脱帽致意。他设计了里卡多的一生。他让里卡多的前二十年幸福，后二十年崩溃。虽然看起来难以置信，可在里卡多的生活里，没有任何事情是偶然发生的。我们先从您能够理解的事情开始：女人。有塞尔乌斯男爵夫人、多莉姐妹、多洛雷斯、比古尼亚。所有这些风流韵事都是老圣贾科莫背着里卡多筹划的。向您讲述这些事情是多此一举，蒙特内格罗先生，您在其中抽成，像一头小牛一样养得肥肥

1　意大利南部大区。
2　Bartolomé Mitre（1821—1906），第六任阿根廷总统、史学家、军人。

的。哪怕是与普米塔的相遇，都比一场里奥哈的选举更受操纵。至于律师考试，同样如此。年轻人不费吹灰之力，可是捷报频传。政治前途也是如此，有贵人相助，万事无忧。您看，这真是个笑话，处处都是一样。别忘了用来安抚多莉姐妹的六千比索，别忘了突然从蒙得维的亚冒出来的说话带鼻音的矮个子。他是父亲派去的人，证据就是他没想讨回他借出去的五千比索。然后就是那本小说。您自己刚才提到，由雷克纳和马里奥·邦凡蒂作为枪手。雷克纳本人在普米塔死亡的前一天就说漏了嘴。他说他很忙，因为里卡多就要完成他的小说了。不言而喻：真正的作者是他。经邦凡蒂之手，又添了一些像鸵鸟蛋一样大的标识。

"就这样到了一九四一年。里卡多自以为就像我们其他人一样自由行事，可事实上他是像一颗棋子那样任人摆布。普米塔成了他的未婚妻。无论从哪方面讲，普米塔都是个出色的女孩。就在一切都顺风顺水之时，原本自作主张、安排他人命运的父亲发现，命运捉弄了他。他生病了，所剩的时间不多了。卡斯蒂略大夫告诉他，他的生命只有不足一年的时间了。至于是什么病，大夫随便说了一个名字，据我推测，是心梗。圣贾科莫加快了他的计谋。在他最后这一年里，他必须把最终的幸福和所有灾难与痛苦叠加在一起。他并不担心完成不了，可在六月二十三日的晚餐上，他发觉普米塔已经知晓了这个秘密，当然她并没有直说。他们不是单独在一起的。她只谈了电影的情节，说有个叫华雷斯的人，开始时无往不胜，后来连连倒霉。圣贾科莫想岔开话题，可普米塔一意孤行，一再重复，有些人，在他们的生活里任何事情都不是偶然发生的。她还提及老圣贾科莫写日记的那个本子，她说这个是为了让他明白，她已经看过那个本子了。圣贾科莫为了确认这点，给她下了个套，提到一尊陶土像，是一个犹太人从手提箱里拿出来卖给他的，他把它保存在自己的写字台里，就放在放小本子的那个抽屉里。他谎称那个动物是头狮子。普米塔知道是条蛇，就嘟哝了一句。她出于单纯的嫉妒，已经翻过老圣贾科莫所有的抽屉，寻找里卡多的情书。她在抽屉里看到了小本子，正在读书的劲头上，就看了小本子的内容，知道了那个计划。在那天晚上的谈话中，她有多处冒失，最严重的是她说第二天要与里卡多好好谈谈。老圣贾科莫为了挽救他为复仇精心筹备的计划，决定杀害普米塔。

他在普米塔的安眠药里下了毒。您大概还记得里卡多说过，药就放在柜子上。要进入她的卧室并不难。所有的房间都朝向竖着雕像的圆形大厅。

"我还要向你讲述那天晚上谈话的其他方面。普米塔要求里卡多推迟几年出版他的小说。圣贾科莫公开发了脾气，他想让小说出版，以便随即分发小册子，说明前者完全是抄袭。依我看来，小册子是安格拉达那次说自己正在撰写电影摄制史时写的。同时，他宣称一定有人会注意到里卡多的小说是抄袭的。

"由于法律不允许圣贾科莫剥夺里卡多的继承权，指挥官选择失去他的财产。给雷克纳的那部分，他购置了政府债券，虽然利润不多，但很保险。里卡多那部分，他投资了地铁，只要看看它的利润率，就知道是笔危险的投资。克罗切恬不知耻地从他身上刮油。指挥官听之任之，为了确保里卡多永远也不会得到那笔钱。

"很快钱就开始不够用了。邦凡蒂的工资停止发放，男爵夫人也被抛弃了，里卡多只好卖掉了他的小马。

"可怜的小伙子，他从来没有做过坏事！当时他去看望男爵夫人，而男爵夫人正由于一笔欠款未得到偿还而恼怒，鄙视他，对他发誓说，即使与他有任何来往，那也是因为他父亲向她付了钱。里卡多看到他的命运改变了，并不理解。在极度困惑中，他产生了一种预感。他去问多莉姐妹和埃文斯，两个女人都承认说，之前她们接待过他，那是由于她们与他的父亲有约定。后来他来见了您，蒙特内格罗。您承认是您安排了所有那些和其他女人。难道不是吗？"

"恺撒的归恺撒，"蒙特内格罗故意打了个哈欠，断言道，"您一定知道，策划这种约会对于我来说，是轻车熟路。"

"出于对金钱的担忧，里卡多向克罗切咨询。克罗切向他表明，指挥官正在有计划地破产。"

"他意识到了他这一生都是个谎言，这让他惊慌，令他感到屈辱。这就像有人突然对您说，您是另外一个人一样。里卡多本来以为自己很厉害，可现在他明白了，他全部的过去和他所有的成就都是父亲精心策划的结果。而他父亲，谁知道由于什么原因，与他为敌，正在为他筹划一个炼狱。所以他觉得活着已经没有什么意义了。他并没有抱怨，没有对指挥官口出怨言，还继续爱着他，只是留下一张能让父亲看懂的字条，与一切永别：

现在事情发生了变化，而且还会继续变化……而我父亲为我所做的事情，世界上没有任何一个父亲可以与之相比。

"也许因为我在这座监狱里已经生活了这么多年，我已经不相信惩戒了。罪即是罚。一个正直的人不应该充当其他人的刽子手。指挥官活不了几个月了。为什么还要去揭发他，徒劳地搅动一窝蜂似的法官和警察呢？"

一九四二年八月四日，普哈托

塔德奥·利马尔多的牺牲品

纪念弗朗茨·卡夫卡

一

二七三号牢房的囚犯，伊西德罗·帕罗迪先生，有些不情愿地接待了他的来访者。"又一个来烦我的吹牛大王。"他想。他并没有意识到二十多年前，在他成为老克里奥尔人之前，也是如此谈吐，拉长着 S 音，手舞足蹈。

萨维斯塔诺整了整领带，把棕色的宽檐帽扔到牢房的床铺上。他的皮肤偏黑，模样俊俏，但略微令人感到不快。

"莫利纳里先生让我来打扰您，"他说明道，"我是为了新公正旅馆的血案来的，那个难倒了所有人的谜团。请您理解：我纯粹是出于无私才到这里来的。不过那些警察盯上了我，而我知道，要揭开谜底，您锐不可当。我给您 grosso modo[1] 陈述一下事实，找借口托辞不符合我的性格。

"生活的起起伏伏使得我暂时处于一种待定的状态。现在我摆脱了嫌疑，能够以平和的心态去观察事态发展，不会为一个可怜的硬币而激动起来。一个人得先判断形势，乘乘凉，到关键时刻再下手。如果我说我已经一年没去阿巴斯托市场了，您一定会当笑话。那些小伙子见到我的时候会问：这是谁？我敢用任何东西打赌，他们看到我乘着小卡车来时，会张口结舌。在此期间，我撤到了冬季住所，坦率地说，就是新公正旅馆，康加略街三四〇〇号。那个布宜诺斯艾利斯的小角落在大都市氛围下保持着自己的腔调。至于我呢，并不是出于喜好才住在那个贫民区的。我没有一天不想起：

---

1 拉丁文，粗略地。

踏着离家的波尔卡节拍，

我吹起一首朴素的探戈。

"冲动的人看到门口的标牌上写着'男士用床，六十分钱起租'，一定会猜想这是一个肮脏廉价的旅馆。我真诚地请求您，伊西德罗先生，不要作这样的联想。我在那里住着，有自己的独立卧室，只是临时与西蒙·法因贝格分享。他的绰号叫'大牌'，不过他总是待在教理中心。他是个燕式过客，前一天出现在梅洛，后一天又在贝拉萨特吉。两年前我来的时候，他已经住在这里了。我觉得他不会离开了。推心置腹地说，墨守成规的人令我恼火，我们并不生活在马车的年代，而我是那种喜欢时不时变换一下风景的旅行者。回到正题：法因贝格是个不明事理的小伙子，以为全世界都围着他那上了锁的箱子转，而在窘迫之时，却连一比索四十五分都不肯拿出来帮助一个阿根廷同胞。其余的年轻人自娱自乐，闹剧不断，对于这类行尸走肉，只有一声讽刺的大笑。

"您，在您的壁龛里，在您的瞭望塔中，会感谢我将为您呈现的生动画面。新公正旅馆的氛围足以激起学者的兴趣。它是个真正的、令人发笑的大杂烩。我总是对法因贝格说，既然家里有动物园，你何必到外面花钱看热闹？不瞒您说，他的特质都写在脸上，他长得像个可怜的斑点鸡蛋，一头红发，胡安娜·穆桑特对他不予理睬，我一点也不奇怪。穆桑特，您看，是克劳迪奥·扎伦加的夫人，算得上是旅馆的老板娘。比森特·雷诺瓦莱斯先生和刚才说到的扎伦加合伙一起经营旅馆。三年前，雷诺瓦莱斯把扎伦加纳为合伙人。老家伙厌倦了独自打拼，而年轻血液的输入对新公正旅馆起了有益的推动。我向您透露一个公开的秘密：现在的情况比以前糟糕多了，比起从前，现在的旅馆就是个苍白的幻影。为什么说扎伦加的到来不太对劲呢？因为他来自拉潘帕省，我觉得他是个逃犯。您推测一下：他把胡安娜·穆桑特从一个班德拉罗[1]邮局的职员，一个暴徒身边抢走，让那个吃公家饭的家伙目瞪口呆。扎伦加知道，拉潘帕人遇到这种事情从不拐弯抹角，于是跳上了第一班火车，逃到了昂西车站，为的

---

1 布宜诺斯艾利斯西北部的一个小镇，最初多为意大利移民居住。

是把自己藏在人群中，如果您能理解我的意思的话。我则相反，不需要借助有轨电车就可以成为隐身人。我从早到晚待在针眼那么大的小房间里，嘲笑肉汁那伙人，他们在阿巴斯托市场咋咋呼呼，连我的一根毛儿也看不到。以防万一，我有次在公交车上遇见他们，做着鬼脸，为的是让他们把我当成另外一个人。

　　"扎伦加是个衣冠禽兽，缺乏社交礼仪，爱吹牛皮，请在座的各位不要介意。不过我不能否认，他对我下手温柔。他唯一一次向我抬起手时喝醉了，那天是我的生日，我就没有和他计较。缘起于一桩欲加之罪：穆桑特夫人执意认为，我趁着黑，企图在吃饭前溜到路口去看轮胎店的小美人。就像我之前说的，穆桑特夫人心怀妒意，看什么都充满怀疑，她明知我住在内院，简直是中流砥柱，还是去向扎伦加打小报告，说我潜入了洗衣房，心怀不轨。扎伦加来找我的时候，像一锅沸腾的牛奶一样怒气冲冲，我承认他是对的，若不是因为雷诺瓦莱斯先生亲手往我的眼睛里塞了块烂肉，我立马就掀桌了。这样的流言蜚语敌不过肤浅的审查。我承认，胡安娜·穆桑特的身材令人倾倒，可是一个像我这样的人，曾经和一个现在是美甲师的小姐有过一段来往，又和一个即将成为电台明星的小女孩儿交往，是不会对那迷人的曲线心动的。她也许可以在班德拉罗引起人们的注意，可首都的青年不会对她感兴趣。

"就像小望远镜在他的'晚间新闻'栏目里所说的，塔德奥·利马尔多来到新公正旅馆本身就是个谜。他伴随着狂欢节的小丑而来，出现在一堆难闻的水瓶和水弹之间，却再也看不到下一次狂欢节。他被套上了一件木制的罩衣，在亡者的庄园落了脚：阿拉贡的王子们，他们去了何处？

"我的脉搏与大都市一同跳动，从厨房小工那儿偷来一套熊的装扮。那个孤僻的小工不去米隆加舞会，不跳舞。有那张皮的掩护，我估计自己不会引起注意，于是自作主张，在内院里鞠了一躬，然后像个绅士一般，出门呼吸新鲜空气。您也知道，那天晚上的温度打破了最高纪录，热得人们止不住笑。下午就有大约九个中暑和倒在热浪下的人。您想象一下那境况，我戴着毛茸茸的鼻子，大汗淋漓，时不时想冒险把我的熊头套摘下来，溜到像狼嘴一样昏暗的地方去。那种地方要是让市议院见了，会羞愧地低下头。可每当我沉迷于一件事的时候，总是异常执着。我向您保证，我并没有摘下头套，以免迎面走来阿巴斯托市场的某一个小贩，那些人总是在昂西广场附近转悠。我的肺已经享受到了广场上的有益空气，到处充斥着烧烤和烤肉的味道。我在一个打扮成马戏团小丑的老人面前晕过去了。三十八年来，他每年都在狂欢节上招惹他的老乡，那个来自坦佩莱的警卫。老家伙年事已高，却十分冷静，一下子把我的熊头拽了下来，不过没能扯掉我的耳朵，因为耳朵是粘上去的。我猜，应该是他或者他爸，顶着一顶系带的女帽，偷走了我的熊头，可我不记仇。他们用木勺往我的嘴里灌了一份浓汤，把我烫醒了。问题是现在厨房小工不愿意和我说话了，因为他怀疑被我弄丢的熊头就是鲁道夫·卡沃内博士在花车上拍照时戴着的那个。说到花车，有一辆的驾驶座上坐了一个小丑，载着一群小天使，他们考虑到狂欢会没完没了，而我一步都挪不动了，提出要送我回住处。我的新朋友们把我拖到了车后座，我适时地笑了，以此告别。我像个大人物似的坐在车上，忍不住笑出声。沿着铁轨的护墙，走来了一个乡巴佬，枯槁的躯体营养不良，面色惨淡，几乎连一个涤纶袋和一个半破的包袱都拿不动。

一个小天使多管闲事，叫那个乡巴佬上车，为了不糟蹋欢乐的气氛，我对车夫喊道，我们这不是收垃圾的车。一位小姐诙谐地笑了，我紧跟着套到了一次与她在乌马瓦卡大街旁空地的约会，但那里离阿巴斯托市场太近，我没去成。我骗大家说我住在干草仓库，这样他们不会怀疑我有传染病。可雷诺瓦莱斯连一点儿起码的常识都没有，在人行道上大声指责我，因为帕哈·布拉瓦在马甲里揣了十五分钱，现在不见了。大家都污蔑我用钱去买了拉波尼亚雪糕。更糟糕的是，我视力敏锐，隐约看到在半个街区远的地方，那个拿袋子的瘦鬼正一脸疲惫，跟跟跄跄地走来。我果断地结束了总是令人难受的告别，尽快跳下了车，溜入门厅，以免给那个精疲力竭的人一个 causus belli[1]。可就像我总说的那样，跟饿死鬼没法讲理。我用那件几乎把我烤熟了的熊装，换了一份蔬菜色拉和一杯浑浊的家酿葡萄酒，刚从每晚六十分钱的房间里出来，就在院子里撞上了那个乡巴佬。我跟他打招呼，他却没有理我。

1　拉丁文，战争借口。

"您看有多巧，那个形容枯槁的人在起居室里正好待了十一天，当然，起居室正对着前院。您知道，睡在那里的人都神气得不得了。例如说帕哈·布拉瓦，他是个豪华乞丐，有人说他其实是百万富翁。起初，有不少自以为无所不知的人预言，那个乡巴佬会在这样的环境中露出真面目，这种地方不是他待的。大错特错。我打赌您举不出一个抱怨的房客。不劳烦您，没有一个人嚼舌根或是大吵大闹。这个新来的人表现得十分得体，按时吃炖菜，没去典当任何一条毛毯，没有少给任何人找头，没有像某些异想天开的人一样，以为床垫里满是纸币，弄得旅馆里到处都是鬃毛……我还自愿提出帮他分担旅馆里各种各样的杂活。我记得有一个雾天，我甚至从理发店给他带去了一包贵族牌香烟，他还给了我一根，让我想抽的时候点上。我每每想起那个时刻都会对他脱帽致意。

"一个星期六，他几乎已经康复了，对我们说，他只有五十分钱了，我暗地里笑了笑，心想，星期天一大早，扎伦加就会因为他付不起床位费，没收他的行李，然后把赤身裸体的他赶到街上去。新公正旅馆同一切涉及人性的事物一样，有它的缺点，不过在纪律方面，我不得不开诚布公地说，它比起其他地方更像一座监狱。天没亮之前，我试图叫醒那群爱寻欢作乐的小伙子。他们三个人住在阁楼里，成天不是嘲笑'大牌'，就是谈论足球。信不信由您，那群没用的东西错过了好戏，可这也不能怪我。我前一天就告诉了他们，还传了一张小纸条，标题是：'爆炸性新闻。谁会被赶出去？明日见分晓。'我向您承认，他们没有错过什么大事。克劳迪奥·扎伦加让我们失望。他是个阴晴不定的人，没有人能预测他什么时候翻脸。直到上午九点，我都一直坚守岗位，和厨子因为错过了第一锅汤而大吵特吵，以免让胡安娜·穆桑特产生怀疑，说我待在屋顶天台上是为了偷晾在那里的衣服。如果要算我的账，是不会有什么结果的。早晨七点整，乡巴佬准时穿好衣服来到院里，扎伦加正在那里扫地。您以为他会考虑到对方手里拿着一把扫帚吗？完全不。他对扎伦加坦白了。我没有听到他们说什么，但扎伦加在他肩上拍了一巴掌，对我来说，事情到此结束。我拍了拍脑门，不敢相信。我像热锅上的蚂蚁，在屋顶上又等了两个多小时，期盼着剧情有后续发展，直到热得受不了时才下来。我下来时，那个乡巴佬正在厨房里忙活着，马上给我来了份营养丰富的热汤。我呢，很直率，对谁都一样，与他闲聊起来，在侃完当日的热点之后，套出了他的来路：他来自班德拉罗，我觉得他是个探子，是穆桑特的丈夫派来刺探妻子的。为了摆脱令我寝食难安的疑问，我向他讲述了一件一定会让他感兴趣的事。事关一张泰坦牌跑鞋的优惠券。那张券可以换一件针织内衫，法因贝格把它给了布料店主的侄女，假装不知道它已经被兑现了。您一定不会相信，那个乡巴佬不为所动。哪怕我向他透露说，法因贝格送这张优惠券的时候，身上穿的正是换来的内衫，他也没有为之折服。布料店主的侄女完全忽略了那件衣服的可怕含义，拜倒在了法因贝格的甜言蜜语和无趣的教理故事之下。而我意识到自己的听众沉浸于一件让他全身心投入的事情中。为了切中要害，我直截了当地问他叫什么名字。这位朋友进退两难，来不及编瞎话，对我寄予了我将带头赞许的信任，说他叫塔德奥·利马尔多。我立即将这个信息纳入囊中，如果您理解我的意思的话。以其人之道，还治其人之身，我心想。我开始悄悄四处跟着他，直到他对此完全厌烦了。当天下午，他对我说，如果我还像狗一样跟着他，他会让我尝尝掉几颗牙的味道。我的计策取得了绝对的成功：这个人果真有所隐瞒。请您考虑一下我的境况：在即将解开谜底的时刻，我不得不把自己关在小房间里，因为厨子正在大发雷霆。

"我得告诉您，那天下午，旅馆并没有呈现一幅令人愉悦的画面，女性元素由于胡安娜·穆桑特的离开而大大受损，她有二十四小时缺席，去了戈尔什[1]。

"星期一我若无其事地出现在餐厅。可是厨子出于原则，拿着汤桶走过，没有给我盛。我知道这个暴君由于我前一天的旷工，要让我挨饿，于是对他谎称说我食欲不佳。他撅着讨厌的小胡子，自相矛盾，给我上了两份胖子量的饭，几乎把我的肚子撑破，胀成一桩木头。

"正当其他人不由自主地笑起来的时候，那个乡巴佬又往这热闹的气氛上泼了一碗冷水。他拉着驴脸，用胳膊肘移开了燕麦汤。我以您父亲的名义，向您发誓，帕罗迪先生，我热切地期盼着厨子看到他的汤没有被在意，给利马尔多一顿

---

1 布宜诺斯艾利斯省东部的一个小镇。

教训。不过利马尔多一脸冷漠，使厨子害怕了，后者只能收起中指，我不由得笑了。这时胡安娜·穆桑特进来了，她瞪着眼睛，婀娜的身形让我喘不过气来。那个长发女人一直在找我，可我装着不知道。她很不高兴没有看到我，开始收碗，并对厨子，即人民公敌说，他要是同跟他一样的蠢人搅和，最好降到我的档次，把工作留给她做。忽然，她与利马尔多面面相对，一看到他没有喝汤，变得如死人一般。后者则仿佛从未见过女人一般瞪着她。毋庸置疑，这个密探正竭力要把这难以磨灭的外貌刻在他的视网膜上。这充满人性而单纯的场景被破坏了，胡安娜对盯着她的这个人说，他已经一个人在这里待了很多天，为什么不去呼吸一下乡村的空气？利马尔多并没有回应她的建议，而是专注于把面包渣捏成小球，我们其他人已经被厨子治好了这个坏毛病。

　　"几小时之后发生了一场闹剧，我要向您讲述那个场景，您会庆幸自己由于身陷囹圄而躲过一劫。下午七点，我按照老习惯，来到第一个院子里，想截获起居室的贵人们常常派人到路口去买的炖牛肚。即使像您这么敏锐，也不会想到我看到了谁。我看到了帕尔多·萨利瓦索本人，他戴着软呢帽，穿着考究的套装和弗赖·莫乔式皮鞋。看到阿巴斯托市场的老朋友，足以让我把自己在小房间里关了一星期。第三天，法因贝格对我说，我可以出去了，因为帕尔多没付钱就消失了，与他一起消失的还有第三个院子里所有的灯泡（法因贝格兜里的那个除外）。我怀疑这个谎言来源于对通风的执着，于是一直养尊处优地待到周末，直到厨子把我赶出去。我得承认，这回'大牌'说的是实话：正当我心满意足的时候，一个平凡的情节，也可以说是一件无关紧要的琐事，引起了我的注意，这样的事只有心静的观察者才会注意到。利马尔多已经从起居室搬到了六十分钱的双层床铺。由于他没有现金付房租，就让他当上了会计。我呢，睡眠浅，觉得这件事有点儿像是间谍使的伎俩，以便参与旅馆的管理，收集旅馆人员的动向。鉴于他负责账本，那个乡巴佬整天都泡在办公室里。我呢，在旅馆里没有什么固定的义务，如果某次遛弯的时候帮厨子，那也是为了不表现得像个自私鬼。我在他面前走来走去，以强调与他的地位差距，以至于雷诺瓦莱斯先生对我进行了父亲般的教导，让我滚回了房间。

"过了二十天，一则经过认可的流言传出，说雷诺瓦莱斯先生想把利马尔多赶走，还说扎伦加表示反对。那个谣言，白纸黑字我都不会相信。您不介意的话，请允许我介绍'罗哈斯版本的事实'。您真的会以为雷诺瓦莱斯先生会惩罚一个不幸的穷人？您能想象扎伦加坚持原则，站在正义一边吗？您别受骗了，尊贵的朋友，摆脱幻想吧。其实另有隐情。想把乡巴佬赶走的人是扎伦加，他总是找乡巴佬的茬。而保护乡巴佬的人是雷诺瓦莱斯。我向您透露，阁楼上的小伙子们也同意我的看法。

　　"事实上，利马尔多很快就超越了办公室的窄小范围，像流淌的油一样淌遍了旅馆。有一天他把六十分钱的房间里一直漏水的地方堵上了，另一天用下水油把木栅栏都刷新了，再有一天用酒精把扎伦加裤子上的污渍擦掉了。后来他被授权每天洗刷前院，再把起居室打扫干净，清除里面所有的垃圾。

　　"由于爱管闲事，利马尔多开始四处惹祸。我举个例子，有一天，那些爱寻欢作乐的小伙子正优哉地把五金店主的虎斑猫涂成红色，他们没让我参加，可能是猜想我正忙着翻阅埃斯库德罗博士转让给我的《帕多卢苏》[1]。这事情对于明眼人来说很简单：五金店主步调不一致，试图指控团伙中的某个成员偷了一个漏斗和一些酒瓶塞。小伙子们十分不满，于是在指控者的猫身上撒气。利马尔多成了预想不到的绊脚石。他把涂了一半颜色的猫从他们那里拿走，冒着骨折和受到动物保护协会干预的风险，把猫扔到五金店后面去了。帕罗迪先生，请无论如何也别让我重温他们是如何收拾那个乡巴佬的。他们伏击了他，把他按倒在地砖上，一个人坐在他的肚子上，另一个人踩着他的脸，还有一个人强迫他用颜料漱口。我本来也想趁火打劫，可是我向您发誓，我怕这个乡巴佬虽然被打得晕头转向，还是会认出我。另外得承认，那群小伙子很敏感，要是我掺和进去了，讲不定会节外生枝。雷诺瓦莱斯此时出现了，一伙人顿时散去。其中两个袭击者逃到了厨房前室，另一个人想学我的样子，消失在鸡棚里，可是雷诺瓦莱斯用沉重的一拳给了他一记教训。面对如此父亲般的干预，我差点儿鼓起掌来，可是我选择心里偷着笑。乡巴佬

1　阿根廷最受欢迎的漫画，由丹特·昆泰尔诺（1909—2003）于1928年在《评论家》报纸上发表，1936年起以月刊形式出版。

站了起来，看起来一团糟，但他得到了补偿。扎伦加先生亲手给他拿来一杯蛋酒，给他一口灌了下去，还为他打气说："来，别一副臭脸，像个男人一样咽下去。'

"我恳求您，帕罗迪先生，不要因为猫的事件对旅馆的生活形成悲观的印象。我们也有阳光明媚的时候，虽然有些磕绊在当时看来十分痛苦，可是后来我达观地想起来，还是会为我所经历的惊吓而发笑。不说别的，我给您讲讲蓝铅笔传单的事情。有些密探一条蛛丝马迹都不放过，但他们那么有才华，又说那么多废话，令人发困。可要说猎取最新鲜的小道消息，还有歪门邪道，没有人能比得过我。一个星期二，我用剪刀剪了几个纸心，因为一个大嘴巴告诉我，说何塞法·曼贝托，布料店主的侄女，借口向法因贝格讨回用优惠券换的内衫，在和他约会。为了能让新公正旅馆的苍蝇都知道这件事，我在每个纸心上写了一句风趣的话——当然是用让人无法辨认的笔迹——内容是：'爆炸性新闻，谁每两天与J.M.结次婚？答案：一位穿内衫的房客。'我在没有人注意的时候，亲自负责分发，把纸心塞到了所有门底下，甚至厕所。我告诉您，那天我并不是特别饿，不过我急于了解恶作剧是否成功，并且担心错过星期二的剩饭，就提前到了长桌前。我穿着内衫，得意洋洋，坐在属于我的那部分板凳上，敲着勺子，催促其他人准时到位。这时候厨子出现了，我装着正专注着读一颗纸心上的字句。您看这人手多快，在我还没有钻到桌子底下时，他已经用右手抓起了我，把那些小纸心摁到我鼻子上，把它们都弄皱了。您别指责那个愤怒的人，帕罗迪先生，都怪我。散发完那些纸心后，我居然穿着内衫露面了，这容易让人混淆。

"五月六日凌晨，在某个不确定的时候，一支本土雪茄出现在了离扎伦加的拿破仑墨水瓶几厘米的地方。扎伦加善于忽悠顾客，想让这个认真的乞丐相信旅馆是可靠的，而那个乞丐是'初冷会社'[1]的左膀右臂，连温苏埃孤儿院[2]都会愿意在某次庆祝活动上接待他。为了劝说大胡子入住旅馆，扎伦加递给他了一支烟。那个穿粗布衣的家伙不是吃软饭的，他在空中截住了烟，当即将它点燃，像个教皇似的。可是这个自私的烟鬼还没来得及抽上一口，那破玩意儿就爆炸了，让

1　指街上最先感受到冬天降临的流浪汉。
2　建于1910年，位于布宜诺斯艾利斯省大西洋沿岸的马德普拉塔市。

这位黑家伙的脸上又以一种新奇的方式蒙上一层烟油子。于是出现了一个令人遗憾的场景。看热闹的人都笑弯了腰。哄堂大笑之后，这个背着包的人离开了旅馆，使账房失掉了一大笔收入。扎伦加勃然大怒。他问是哪个聪明的家伙栽赃了那个引爆物。我的格言是最好不要招惹易怒的人。我加紧脚步走向自己的房间，结果差点儿撞上了乡巴佬，他过来时瞪圆了眼睛，像是失了魂。我觉得这个家伙一定是吓坏了，逃错了方向，因为他径直落入了虎口，即那个易怒之人的办公室。他未经允许就进去了，这样做本来就不好，他对扎伦加说：'那支玩笑烟是我带来的，我一时兴起。'虚荣是利马尔多的致命弱点，我心里暗想。他非得吐露实情：他为什么不让别人代他受过？一个明事理的小伙子从来不会出卖自己……您看看扎伦加的反应有多罕见。他耸耸肩，像是不在自己家一样吐了口痰。他突然不生气了，像是在做一场白日梦。我猜他放松了，因为他担心如果按照利马尔多应得的那样给他一顿教训，当晚我们中不止一个人会趁他由于操劳而沉睡的时候毫不犹豫地离开。利马尔多一副没人要的哭丧脸，而老板取得了道德上的胜利，让大家都很自豪。我马上察觉到了这是场骗局。那个玩笑并不是乡巴佬策划的，因为法因贝格的姊妹正在与位于普埃伦东大街和巴伦蒂·戈麦斯大街街口的那家玩笑商店的某个合伙人约会。

"我得痛心地告诉您一个消息，它会深深地影响到您的情绪，帕罗迪先生。那次爆炸事件的第二天，一场危机打破了我们的平静，使最爱喝酒纵欢的心灵都不得安宁。说起来容易，但只有亲身经历了的人才能了解。扎伦加和穆桑特夫人闹翻了！我百思不得其解，什么事能在新公正旅馆激起这样的冲突。自从那次有个土耳其矮胖子带着一把半钝的剪刀，像猪一样嚎叫着，在上汤之前就把'孟加拉虎'收拾了一顿以后，任何骚乱，任何以恶劣方式做出的反应都被管理人员正式禁止了。所以每当厨子想教训那些反抗者的时候，没有人会啬去帮他一把。不过就像那份治咳嗽的小广告给我们灌输的一样，带头作用得自上而下。如果管理层都一团混乱，我们这群房客会变成什么样呢？我告诉您，我经历过痛苦的时刻，萎靡不振，失去了精神上的指引。对于我，人们可以随意评价，可唯独不能说，我在考验面前是个失败主义者。为什么要制造恐慌呢？我守口如瓶，每五分钟都要找各种借口在通向办公室的走廊里转一下。扎伦加和穆桑特在办公室里吵得火热，却不直接辱骂对方。我随即来到六十分钱的房间，洋洋得意地重复道：'来小道消息了！来小道消息了！'那些蠢货在床上打牌，对我不理不睬。可是狗只要固执就能啃到骨头。利马尔多正在用指甲清理帕哈·布拉瓦的梳子，不得不听我说话。可是还没等我说完，他就站了起来，像是到了茶歇时间，消失在了办公室的方向。我画了个十字，像个影子似的跟着他。他突然转过身来，以一种让我不得不服从的声音说：'帮个忙，马上把所有房客都带到这儿来。'无须他重复，我立刻去把那帮废物集中到了一起。大伙儿都一下子到齐了，只缺'大牌'，他溜去了第一个院子，后来我们发现厕所的链缆不见了。这群人成了社会渣滓的样品：孤僻者与小丑肩并肩，付九十五分钱的住客与付六十分钱的共处一室，骗子与帕哈·布拉瓦，乞丐与叫花子，无名小偷与名声显赫的大盗。从前的旅馆在此刻获得重生。那个场面更像一个护壁板：民众跟随着牧羊人。我们所有人在一片混乱中，觉得利马尔多就是我们的首领。他走在前面，到了办公室门口，没等允许就打开门。我悄声说，萨维斯塔诺，回你的小房间去。理性的声音在荒野里呼唤。我被狂热者组成的人墙包围着，他们封死了我的退路。

"我的视线由于紧张而变得模糊，却捕捉到了连洛鲁索都看不清的场景。拿破仑墨水瓶挡住了我的视线，我只看到扎伦加的一半儿，可是那个小妞，胡安娜·穆桑特，我却可以尽收眼底。她穿着红色的睡袍和带绒球的软拖鞋，害得我激动地倒在一个九十五分钱住客身上。利马尔多站在舞台中央，处在威胁的笼罩之下。我们或多或少都明白，新公正旅馆要换老板了。等候着利马尔多就要给扎伦加的耳光，我们的背上掠过一丝凉气。

"利马尔多却不然，选择了在谜团面前毫无用处的言语。他口若悬河，讲了一些至今让我百思不得其解的事情。在那种情况下，一般人会郑重其事地说些夸张的话，不过利马尔多抛弃了一切尊称，不顾陈旧的礼节，用 uso nostro[1] 作了些对分歧不敢苟同的说教。他说夫妻水乳交融，务必不能分开，而穆桑特和扎伦加必须在众人面前接个吻，让房客知道他们

1　意大利文，通俗的方式。

互相爱慕。

"您看看扎伦加！面对如此理性的建议，他竟像僵尸似的不知如何是好。可是穆桑特，她是个很有头脑的人，不会随便相信那些花哨的东西。她像有人侮辱了她的意大利面一样，一下子站了起来。看着那个气势慑人、怒气冲冲的女人，若是有医生在场，立即会让我卷铺盖去精神病院。穆桑特没有采取缓和措施。她冲着乡巴佬说，如果他结了婚的话，应该多关心自己的婚姻，而如果他再多管闲事，会像猪一样被剁成肉末。为了结束争论，扎伦加承认，雷诺瓦莱斯先生（他当时由于在珍珠面包店喝基尔梅斯啤酒而缺席）做得对，应该把塔德奥·利马尔多赶出去。他粗鲁地命令后者离开，也不看看当时已经过了八点了。利马尔多那个可怜的家伙只好仓促收拾手提箱和行李，可是他的手始终在发抖，西蒙·法因贝格主动提出帮助他。慌乱中，乡巴佬落下了一把折叠刀和一件法兰绒内衫。乡巴佬最后看了一眼他曾留宿的旅馆，眼里噙满泪水。他摇摇头向我们道别，走进夜色中消失了，不知去了何处。

"第二天早上鸡叫的时候，利马尔多把我叫醒。他端来一杯马黛茶，让我趁热喝了，我都没有问他是如何回到旅馆来的。这个被逐之人的马黛茶至今还在我的嘴中发烫。您也许会说，利马尔多如此无视房东的命令，像个无政府主义者。不过要想想，舍弃一个如此费尽心思得来的地方对他意味着什么，况且这个旅馆已经成了他的第二天性。

"我冲动地喝了马黛茶，心生内疚，于是我宁愿装病，缩在房间里不出来。过了几天，我斗胆来到走廊里时，那群小伙子中的一个对我说，扎伦加又尝试把利马尔多赶出门，但后者躺到地上，任凭扎伦加踩踏踢打，只是被动地抵挡。法因贝格并没有向我证实这个消息，他是个什么都自己留着的自私鬼，不想让我知道即使是最必要的小道消息。我想到自己同九十五分钱住客们的亲密关系，暗自发笑，但因为前一个月我已经套了他们太多话，所以我这回没有去找他们。我亲自了解到，他们把利马尔多安置了下来，给他在楼梯下面的扫帚间放了一张折叠床和一小箱煤油，那里存放的都是清洁工具，不过好处是可以听到扎伦加房间里发生的所有事情，因为两者之间只隔了一块布。我成了最终的受害者，因为扫帚经过清点计数之后，都被搬到了我的小房间里，而法因贝格又耍尽手腕，把东西推到了我这边。

"这足以暴露人的本性：在扫帚方面，法因贝格是个狂热的爱好者，在旅馆的和谐方面，他在那群好事的小伙子和利马尔多之间搬弄是非，然后又让他们讲和。由于涂猫而产生的是非已经趋于被淡忘，法因贝格只好重翻旧账，并通过恶作剧和愚弄来刺激他们。当只剩下要确认他们是准备赤脚上阵，还是穿着鞋互相踩踏时，法因贝格成功地以保健酒转移了他们的注意力。我必须自嘲并承认，他很懂这行。几天前，佩尔蒂内博士曾给过他一份企划书，让他以整瓶和半瓶批发阿帕切酒，上面标注着'佩尔蒂内博士认可的上等保健葡萄酒'。我一直认为，没有什么可以像酒精一样安抚心灵的了，不过如果摄入过量，会受到旅馆领导层的指责。情况是一边有三个人，而另一边有枪，于是法因贝格让他们明白，团结就是力量，如果他们愿意喝酒，他可以以近乎荒诞的低价向他们提供。人人都会贪小便宜的。他们一共买了十二瓶酒，待喝到第八瓶的时候，已经组成了醉鬼四重奏。那群小伙子简直是自私的代言人，并没有理会我正拿着小酒杯游荡，直到乡巴佬过来开玩笑地说，他们不应该忽略我，因为他也一样只是条狗。我趁着众人的笑声，给自己来了一口酒，但不如说是漱了趟口，因为这种酒得过一会儿才能适应，我可以向您保证，之后它会尝起来像真正的糖浆，喝得人舌头都大了，好像品味到了一大口琼浆玉液。对当铺情有独钟的法因贝格对武器也很有兴趣，他说利马尔多腰带上别着的那把大口径手枪很便宜，可以以零头价再卖给他一把。如果说此前对话已经开始有些激动，您可以想象到当'大牌'提到这个话题的时候，周围是什么反应了。看法不一，并且互不相让。按照帕哈·布拉瓦的说法，买新枪能让人迅速在警察局备案。一位年轻人则比较起了苏黎世俱乐部和联邦俱乐部的打靶场。我提出所有的枪都被魔鬼上了膛。利马尔多已经喝得不成样子，他说他带枪来，是因为他要杀死一个人。法因贝格讲了个故事，说有个犹太人不想买他的枪，结果第二天就被一把巧克力手枪吓唬住了。

"隔天，为了不显得那么冷漠，我悄悄地与旅馆的管理层接洽，他们时常在露天的前院里，喝些马黛茶，讨论作战计划。在那里，最目空一切的房客都能捞到点新东西，不过得忍受一些实话，而且如果窥测被抓到，下场会像一个被拆开

的麦卡诺玩具 [1]。被三个小伙子称作'三位一体'的那些人正在那里：扎伦加、穆桑特和雷诺瓦莱斯。他们并没有直接把我赶走，让我多了份自信。我坦然地走了进去，为了不被丢出来，答应给他们讲个爆炸性的故事。我口无遮拦地向他们描述了房客之间的和解，连利马尔多的手枪和法因贝格的保健酒都没有落下。您看看他们那副酸橙脸。我呢，为了以防万一，立刻调头，为了不让某个好说闲话的人说我向管理层打小报告，我的性格里没有这个毛病。

"我小心翼翼地撤退了，眼睛一直盯着那三个人的动向。没过一会儿，扎伦加脚步坚定地走向乡巴佬过夜的扫帚间。我像猴子一样匆忙跳到了楼梯上，把耳朵贴着台阶，为的是一字不差地听到下面正在说的话。扎伦加要求乡巴佬把手枪交出来，而乡巴佬坚决拒绝了。扎伦加威胁他，这些我就不向您转述了，帕罗迪先生。利马尔多以一种漫不经心的狂妄姿态说，扎伦加威胁不着他，因为他刀枪不入，仿佛他穿了件防弹背心，就是再加上一个扎伦加也吓不着他。我们私下

1　一种机械拼装玩具。

说说，即使他穿了防弹背心，也起不了什么作用，因为不久之后，他就会陈尸于我的小房间里。"

"争论是如何结束的？"帕罗迪问。

"就像所有事情那样结束。扎伦加不会在一个疯子身上浪费时间。他就像来时那样走了，无足轻重。

"到了那个致命的星期日。我痛心地承认，那天旅馆里死气沉沉，缺少生气。我这个老实人闲得无聊，想让法因贝格从阴暗的无味中解脱出来，于是教他打纸牌游戏，免得他在各个街角的酒吧里受人嘲笑。帕罗迪先生，我有教授别人的天赋。证据是学生马上赢了我两个比索，但他只收了我一块四的零钱，而为了清账，他让我请他在埃克塞尔谢看场下午戏。人们说罗西塔·罗森堡是喜剧天后，确实有道理。在场的观众笑得仿佛被人挠痒似的，不过我一句也没有听懂，因为他们讲的是犹太人的语言，连犹太人自己都弄不清他们在说什么。我迫不及待地想赶回旅馆，让法因贝格给我解释那些笑话，可当我安然无恙地走进小房间时，那一幕可不是笑话。您看看我的床多惨，毛毯和床单上已是一片污渍，枕头也好不到哪儿去，血渗进了床垫，我心里琢磨着那天晚上该在哪里过夜，因为已故的塔德奥·利马尔多躺在我的床上，比萨拉米香肠还要没有生气。

"自然，我的第一个念头是为了旅馆。我不想让哪个敌人怀疑是我杀了利马尔多，把床上的东西都弄脏了。我随即猜想那具尸体会对扎伦加不利，因为警探拷问他直至十一点以后，那个时间，新公正旅馆已经熄灯了。我想这些的时候，止不住像个醉鬼似的尖叫，因为我像拿破仑一样，可以同时做很多事情。我并不是向您吹牛，听到我的喊声，旅馆里的人都来了，连厨房小工都来了，他往我的嘴里塞了一块布，差点儿又弄出一具尸体来。法因贝格、胡安娜·穆桑特、那群寻欢作乐的小伙子、厨子、帕哈·布拉瓦，最后连雷诺瓦莱斯先生都来了。第二天我们是在监狱里度过的。我如鱼得水，回答了所有好事者的问话，让他们个个作出了目瞪口呆的活人造型。我一条蛛丝马迹都不放过，呈上了一条证据，即利马尔多是在大约下午五点时遇害的，凶器是他的折叠刀。

"您看，我觉得那些认为这件事情无法解释的人一定是迷失了方向，因为如果谋杀发生在夜晚，才会是个真正的谜团，那时旅馆里都是陌生的脸，我都不能称他们为房客，因为他们付完床费就走了，是不是见过你我都不记得。

"发生血案的时候，除了法因贝格和我之外，几乎所有人都在旅馆里，后来发现扎伦加也缺席了这场关键的会面。他那时在萨阿韦德拉斗阿加尼亚拉斯神父的一只白羽公鸡。"

二

一星期后，图利奥·萨维斯塔诺闯进牢房，他又激动又愉快，结结巴巴地说：

"我替您跑了腿，先生，这是我的老板！"

一个有点儿气喘、刮光了胡须、灰白乱发、天蓝色眼睛的先生跟着他。那个人的衣服是深色的，很整洁，戴着小羊驼绒围巾，帕罗迪注意到他的指甲修过。两个绅士自然地坐在两个凳子上。萨维斯塔诺奴气十足地在狭小的牢房里来回走动。

"四十二号。这个伙计向我转达了您的信息。"白发先生说，"如果是为了利马尔多的事，和我没有任何干系。我对那场死亡已经厌倦了。旅馆的话匣子里就没有其他话题。如果您知道点儿什么，先生，最好和那个年轻的帕戈拉说，他负责调查工作。他肯定会为此感谢您，因为警方现在一头雾水。"

"您拿我当什么人了，扎伦加先生？我不和那个黑帮打交道。可我的确有些见解，如果您能听我说一下，想必不会后悔。

"如果您愿意的话，咱们可以从利马尔多说起。这个年轻人是个精灵鬼，把他当作胡安娜·穆桑特的丈夫派来的探子。不过恕我直言，我问自己，一个探子为什么要搅和这件事情呢？[1] 利马尔多是班德拉罗邮政局的雇员，事实上，他是您夫人的丈夫。您不会否认我的说法。

"您看，我将以我的理解，向您讲述整个故事。您夺走了利马尔多的女人，把他留在班德拉罗受苦。被抛弃三年之后，他无法再忍受下去了，决定来到首都。谁知道他一路上经历了什么，结果是他十分潦倒地在狂欢节时抵达。他孤注一掷，把自己的健康和钱财都消耗在这趟苦行路上，此外，他在还

1　如无必要，勿增实体。——威廉·奥卡姆博士

未见到为其远道而来的妻子之前，又被关了十天。那几天每日九十分钱，耗干了他的全部钱财。

"您部分是自以为是，部分是出于怜悯，把利马尔多说成了个男子汉，甚至更进一步，把他塑造成一个恶棍。后来，您看到他出现在自己的旅馆里，身无分文，您不失时机地帮助他，让他再次蒙受耻辱。而对位法由此开始。您致力于贬低他，而他致力于自贬，您把他打发到六十分钱的床铺去，还给他压上了会计的活儿，但没有什么是利马尔多承受不住的，没几天他就开始修补房顶，甚至还给您洗裤子。夫人第一次见到他时暴怒，让他滚出去。

"雷诺瓦莱斯也赞同把利马尔多赶走，他受够了利马尔多的行为和您对待他的过分态度。利马尔多留在旅馆里，寻求新的屈辱。一天，一些游手好闲的房客在涂一只猫，利马尔多插了一脚，并非出于好意，而是要找打。结果他被揍了一顿，您又给他灌了一杯蛋酒和一通侮辱。后来发生了雪茄的事。犹太人的玩笑让您的旅馆失去了一个认真的乞丐。利马尔多担下了罪名，不过这次您并没有惩罚他，因为您怀疑在他的自寻屈辱中萌生着某种异常丑恶的东西。不过在此之前一切还都停留在斗殴或侮辱，利马尔多寻求的是更贴近内心的侮辱方式。那次您和夫人闹不愉快，利马尔多把大家召集起来，要求你们和好，当着大家的面亲吻。您注意一下这代表什么：一个丈夫召集了一群看热闹的人，请求夫人和情人重新相爱。您把他赶走了。第二天早晨他又回来了，为旅馆里最不幸的人煮马黛茶。后来进入了被动抵抗，为的是受人践踏。为了让他厌倦，您把这个瘪三安置在您房间旁边的门卫处，在那里，他可以尽情聆听你们两个人的甜言蜜语。

"接着，他任凭犹太人劝他与小伙子们和好。他对此有所退让，因为他的计划是要让所有人都贬低他。连他自己都在作践自己：他降到了在场这位小伙子的档次，把自己称作一条狗。那天下午，酒精让他说漏了嘴。他说他带枪来，是为了要杀死一个人。某个大嘴巴把这条信息转述给了酒店的管理层。您再次试图把利马尔多赶出门，但这次他和您对着干，说自己'刀枪不入'。您弄不清楚他打的是什么主意，但您被吓到了。现在我们到了棘手的关键时刻。"

萨维斯塔诺为了听得更加仔细，俯身蹲了下来。帕罗迪心不在焉地看了他一眼，请他有风度地离开，因为也许他并不适合知晓接下来的内容。萨维斯塔诺有些恍惚，带上门出去了。帕罗迪不紧不慢地继续说：

"几天后，这位年轻人——我们刚刚有幸目睹了他的缺席——撞见了法因贝格和布料店一位名为何塞法·曼贝托的小姐之间的私密约会。他在一些小纸心上散播这桩丑事，却没有用当事人的全名，而是用首字母代替。您夫人看到了，以为 J.M. 指的是自己，让厨子把萨维斯塔诺打了一顿，并心怀怨恨。她也怀疑利马尔多自寻屈辱，背后一定有隐情。当她听说他带了手枪'要杀一个人'时，知道自己并没有受到威胁，而是为您感到害怕。她猜想，他正集中各种耻辱，为的是把自己置于绝境，迫不得已去杀人。夫人没猜错。那个人确实决意要杀人。不过不是杀您，而是要杀另外一个人。

"旅馆的星期天，就像您的同伴说的那样，死气沉沉。您出去了，正在萨阿韦德拉与阿加尼亚拉斯神父斗鸡。利马尔多进入你们的房间，手里拿着枪。穆桑特夫人看到他出现了，以为他是要来杀您。她十分痛恨他，把他赶出去时，毫不犹豫地顺走了那把折叠刀。现在她就是用那把小刀杀了他。利马尔多虽然手里拿着枪，但完全没有抵抗。胡安娜·穆桑特把尸体放在萨维斯塔诺的小床上，为的是报复纸心的事。您记得的，萨维斯塔诺和法因贝格那时在剧院。

"利马尔多最终如愿以偿。他确实带了手枪要杀死一个人，可那个人就是他自己。他远道而来，数月以来，乞求着虐待和辱骂，以便最终有勇气自杀，因为死亡是他梦寐以求的。我想，在死之前，他想再见夫人一面。"

一九四二年九月二日，普哈托

太安的漫长追踪

纪念埃内斯特·布拉玛[1]

一

"就差他了！一个四眼日本人。"帕罗迪几乎想出了声。

舒同博士并没摘下草帽或收起雨伞。他以习以为常的大使礼节，亲吻了二七三号牢房囚徒的手。

"不知您是否准允在下以异国之躯玷污这个名声显赫的板凳？"他以标准的西班牙语和小鸟般的声音问道，"所幸四脚凳为木制，不会口出怨言。鄙人贱名舒同，在众人挖苦之下，担任中国大使馆的文化参赞，那个使馆声名狼藉，实乃蓬门陋室。我已经用我参差的叙述堵住了蒙特内格罗博士灵敏的耳朵。那位刑侦调查精英像乌龟一样从不失手，又像一座被荒芜大漠之沙所掩埋的天文观象台一样伟岸沉稳。有话说得好，捻一粒米还需九指之力。理发师和帽子商不谋而合，我只有一个脑袋，可我渴望能够扣上两个公认的明智脑袋：一个是蒙特内格罗博士的可敬脑袋，还有您像鼠海豚一样大小的脑袋。哪怕是黄帝，坐拥宫殿和御书房，也得承认，一条海鲷离开大海就无法存活，更难获得子孙后代的尊敬。而我并非一条老海鲷，还少不经事。现在深渊像一颗多汁的牡蛎一般在我面前张开，想将我吞噬，我又能如何？此外，不仅仅是我一人遭害，了不起的辛夫人由于法律支柱不眠不休的警戒，深感失望和不安，只得一夜又一夜地滥用佛罗那[2]。她的保护人在令人不安的情况下被杀害，警察却不重视，现在她孤立无援，只身掌管位于莱安德罗·阿莱姆大街与图库曼大街交界处的花厅'惶龙'。忘我而又反复无常的辛夫人呀！她的右眼还在为她失踪的朋友哭泣时，左眼已为激励海员而

1　Ernest Bramah（1868—1942），英国作家，代表作有《盲侦探卡拉多斯》。
2　一种安眠药。

笑逐颜开。

"为您的耳膜哀叹！要想让我的嘴滔滔不绝、侃侃而谈，就像想让毛毛虫像单峰驼那样庄重地说话，或者模仿居于纸板做成的、漆上十二色的笼子的蟋蟀的音域说话一样。我并不像天才孟子那样，为了向占星院报告新月的到来，连续说了二十九年，直到他的子女接替了他。无须否认，现在剩下的时间不多了。我不是孟子，您的耳朵再多、再有分寸，其数量也无法超过侵蚀世界的勤劳蚂蚁。我并非演说家，我的发言只可与一个矮子所言相媲美。我没有五弦琴，我的演说必定错误连篇、不忍卒听。

"如果我在您丰富的记忆面前班门弄斧，再一次展示警幻仙子教的细节和奥秘，您可以用这座变化无常的宫殿里所珍藏的最精致的工具拷打我。就像您立马会点明的那样，这是道教中一个神奇的分支，它只在乞丐和艺人中招募信徒。只有像您这样被茶具环绕的欧洲汉学家才能真正了解。

"十九年前发生的那个可恨事件让世界乱了阵脚，它的余波传到了这个惊愕的城市。我的舌头如砖块一般笨拙，将讲述警幻仙子护身符被盗之事。在云南中心有一个秘密湖泊，在湖泊中心有个岛，在岛中心有座神庙，在神庙里供奉着警幻仙子像，在神像的光环中，有个护身符。在这个长方形房间里描述这件宝贝有些冒失。我只能告诉您，它以玉制成，全身透亮，有胡桃那么大，能通灵性、觅是非。有受传教士洗脑之人佯装要加以反驳，可是如果一个凡人占有了这个护身符，并将它带离神庙二十年，那他就可以成为世界的秘密之王。不过这种假设从未得到验证。从世界上的第一缕晨光到最后一次日落，这个宝贝都将永存在神庙里，尽管在短暂的当下，一个盗贼已经将它藏了十八年。

"掌教把找回宝贝的任务委托给方士太安。他名不虚传，在星辰运行至良辰吉日时，相机行事，以耳贴地。他清楚地听见世界上所有人的脚步，马上捕捉到了盗贼的行踪。那遥远的脚步行走在一个远方城市里：一个拥有陶土和常青树的城市。城市里没有木枕或瓷塔，四周是荒芜的牧场和浊水穿过的沙漠。城市隐藏在西方，躲在很多日落后面。为了到达那里，太安不惧风险，登上一艘由烟雾驱动的汽船。他在三宝垄[1]同一群被麻醉的猪一起登岸，伪装成偷渡者，隐藏在一

1　印度尼西亚爪哇岛北岸的城市。

艘丹麦船只的腹舱里二十三天，除了取之不尽的埃德姆干酪以外，没有任何食物和饮水。在开普敦，他加入了可敬的垃圾工行会，并不遗余力地为'臭周'罢工做出了贡献。一年之后，在蒙得维的亚的大街小巷，无知的人群争抢一个外国人打扮的年轻人分发的玉米夹心饼。那个分发营养品的年轻人就是太安。经过与那些冷酷食肉动物的血腥斗争后，方士搬到了布宜诺斯艾利斯，他原以为玉米夹心饼教派会在这里流行起来，但事与愿违，只得在布宜诺斯艾利斯开办了一家生意兴旺的煤炭店。那家乌黑的店铺把他推向贫穷那又长又空的餐桌前。太安受够了饥饿的盛宴，对自己说：'对于永不满足的情妇，唯有爱占便宜的男人的怀抱；对于苛求的舌尖，唯有狗肉；对于人，唯有天国。'他与萨穆埃尔·涅米罗夫斯基一起庄严地创立了一家联营企业。涅米罗夫斯基是位备受好评的细木工，他在昂西这个中心打造各种柜子和屏风，而他技艺的崇拜者直接从北京收到货。谦卑的店铺生意红火了，太安从一间小炭房搬到一套带家具的居室里，就在迪安·富内斯大街三四七号。屏风和柜子源源不断卖出，并没有让他忘记初衷。他的核心任务是找回宝贝。他确信，盗贼就在布宜诺斯艾利斯，神庙所在岛屿上那些法力无边的圆圈和三角明确地指向这个遥远的城市。这位文字健将反复翻看报纸以锻炼他的技艺。太安涉猎不广，只关注与海河船运相关的专栏。他担心盗贼会乘船潜逃，或者某条船只会载来盗贼的帮凶，使护身符易手。太安执着地接近盗贼，如同一圈圈涟漪接近被掷入水中的石子。他不止一次改变名字和住址。法术就像其他精确科学一样，如同一只萤火虫，在暗影重重的夜晚引导我们避开无益的磕绊。太安掐指一算，精确锁定了盗贼隐藏的区域，可是没有指明房子，也没有指明面孔。然而，方士仍然坚持不懈地坚持他的目标。"

"金厅的行家也不辞辛苦，锲而不舍，"蒙特内格罗不由自主地喊了起来，他刚才一直蹲在外面窃听，眼睛盯着锁眼，嘴上叼着鲸鱼杖。现在他抑制不住，穿着一件白色的套装，戴着一顶船夫帽进来了。"De la mesure avant toute chose.[1] 我没有夸大其辞，我还没有发现凶手的下落，可是我追踪到了这位优柔寡断的顾问。给他加把劲，亲爱的帕罗迪，给他加

1　法文，分寸至关重要。

把劲。就用我首先赋予您的权威，讲讲那个叫赫瓦西奥·蒙特内格罗的侦探如何凭借一己之力，在一列快车上保住了一枚受到威胁的公主钻石，然后还抱得美人归。不过还是让我们聚焦未来，它正向我们张开大口。Messieurs, faites vos jeux[1]：我愿出两倍的钱，打赌我们的外交官朋友并非纯粹为了找乐子才亲临这座牢房来向您致敬，当然，这值得称赞。我众所周知的直觉告诉我，舒同博士的到访与迪安·富内斯大街的奇特凶杀案不无关联。哈，哈，哈！我正中靶心。但我并不居功自傲，且让我发起第二次进攻，我取得第一次胜利之后，已预言第二次的成功。我打赌，博士叙述时以东方的神秘之风添油加醋，这是他有趣的单音节词乃至其肤色和外表的火印。轮不到我指责充满说教和隐喻的《圣经》式语言，尽管如此，我还是怀疑，比起这位客户肥厚的比喻，您更喜欢我有血有肉的compte-rendu[2]。"

舒同博士再次以他谦卑的嗓音开始叙述：

"您那位富态的同伴慷慨激昂地发表了演说，好似露出

---

1 法文，先生们，下注吧。
2 法文，报告。

双排金牙的演说家。请准允我重续我那卑辞俚语，庶竭驽钝：就像太阳照亮一切，却对自己的光芒四射视而不见，太安踏实而又执着地不懈追寻，他研究社区里每个人的习性，自己却深藏不露。唉，人类的弱点呵，就连缩在玳瑁壳下思考的乌龟都并非完美。方士的低调行为有一处失算。一九二七年冬天的一个夜晚，在昂西广场的拱廊下，他看到一群流浪汉和乞丐围成一圈，正在嘲弄一个因饥寒交迫倒在石地上的可怜人。他一发现那个被羞辱的人是中国人，怜悯之心油然而生。有钱人借出一片茶叶也不丢脸。聪明人也有马失前足的时候。太安把那个外来人安顿在涅米罗夫斯基的细木厂里，那人的名字十分生动，叫方舍。

"有关方舍，我并不能给予您细致动人的介绍。如果包罗万象的日报没有弄错的话，他是云南人，一九二三年后来到这个港口，比方士早一年。他不止一次神态自若地在迪安·富内斯大街接待了我。我们在院中柳树的树荫下一起练习书法。他对我说，那棵树让他想起了点缀丰润丽江的岸边密林。"

"别再谈论书法和装饰了，"侦探说，"跟我说说房间里的人吧。"

"优秀的演员在剧院建好前是不会登上舞台的。"舒同反驳道,"首先,我要尽绵薄之力描述一下房间。随后,我将献丑,不揣浅陋,将其中的人物勾画出来。"

"请容许我说两句鞭策之言,"蒙特内格罗热烈地说道,"迪安·富内斯大街上的那幢楼是本世纪初建造的一座有趣陋室,是我们直觉建筑中诸多不朽作品之一,意大利建造者的纯真完整地保留在其中,几乎没有按照勒·柯布西耶严格的拉丁标准修缮过。我的回忆确定无疑。您几乎可以看见那房间:在现今的门面上,过往的天蓝色已褪至无菌的白色。里面是我们童年的平静院子——我们曾目睹年轻的女黑奴端着银器盛着的马黛茶奔跑——如今不敌时代的高高浪头,充斥着异国龙饰和千年漆器,都是那个工业化的涅米罗夫斯基虚伪刷子下的成品。深处的木棚是方舍的住处,就在柳树的绿色忧郁旁,叶手安抚着流亡者的思乡之情。一条一米半长、强硬、肮脏的铁丝把我们的产业与毗邻的空地隔开,那是一块风景如画的——用我们无以替代的阿根廷方言词汇说——荒地,依然不可战胜地挺立在城市心脏。镇上的猫也许会来这里寻找草药，以减轻屋顶上孤僻 célibataire[1] 的病痛。底层是店铺和作坊[2]；而上面一层——无需多言，我指的是火灾之前——就是住宅，那个远东人不可触动的'家'，连同它全部的特点和风险移到了联邦首都。"

"学生的脚穿上了老师的鞋，"舒同博士说，"夜莺胜利之后，耳朵接受并宽恕了粗哑的鸭鸣。蒙特内格罗博士已经建好了房子，我这条外行又愚钝的舌头将描绘几个人物。我把第一个宝座留给辛夫人。"

"看来我要赢了，"蒙特内格罗适时说道，"别犯错误，您会后悔的，我可敬的帕罗迪。您不要把辛夫人与那些 poules de luxe[3] 混为一谈，您可能在里维拉的大饭店里容忍后者，敬爱她们，她们通常以一只丑陋的狮子狗和一辆无可挑剔的四十马力豪华车装点奢靡的轻浮。辛夫人的情况不同。她集沙龙贵妇和东方母老虎于一体，摄人心魄。这位永恒的维纳

1　法文，单身汉。
2　无论如何也不行。我们——机关枪与二头肌的同代人——拒绝这种虚浮不实的养尊处优。我要像一场爆炸那样无可挽回地说：我在一层设立了店铺和作坊；而在上面一层，关着中国人。"——卡洛斯·安格拉达亲笔注
3　法文，交际花。

斯斜睨着向我们挤眉弄眼。她的嘴像一朵独自绽放的红花，她的手像丝绸，像象牙。她的身体被趾高气扬的曲线衬托得十分惹眼，是黄祸论的妖媚先锋，已经征服了帕坎[1]的布料和斯基亚帕雷利[2]的朦胧线条。请您原谅我千千万万遍，我的 confrère[3]，我心中的诗人已经领先于历史学家。为了勾画出辛夫人的画像，我使用了粉彩笔。至于太安的画像，我则要求助于阳刚的蚀刻。任何成见，无论如何根深蒂固，也不会影响我的看法。我将局限于今日报纸上的图像资料。至于其他，种族吞噬个人：我们嘴里嘟囔着'一个中国人'，执意狂热地前行，征服黄色的海市蜃楼，没有料到这异国人身上平凡或怪诞的悲剧，不可战胜的、充满人性的悲剧。方舍的画像也相似，我清楚地记得他的外貌，他的双耳曾倾听我父亲般的教诲，他的手曾握过我的小羊皮手套。与他形成对照的是，在我门廊第四个圆雕饰前的东方人。我既没有叫他，也没有请他离去：就是那个外国人，那个犹太人，他埋伏在我

1　Jeanne Paquin（1869—1936），法国时装设计师。
2　Elsa Schiaparelli（1890—1973），意大利时装设计师。
3　法文，兄弟。

的故事的幽暗深处窥测，如果没有被一部明智的法规打击的话，他还将在历史的所有交叉路口继续窥测。在这个故事里，我们这位沉默不语的客人叫萨穆埃尔·涅米罗夫斯基。有关这个粗鄙的细木工，我就不向您一一诉说细节了：又平又宽的额头，忧郁庄严的眼睛，预言家般的黑胡子，身高与我相仿。"

"和大象打交道久了，再锐利的眼睛都分辨不清最荒唐的苍蝇。"舒同博士猛然说道，"我不无欣喜地发现，我的拙作并没有令蒙特内格罗的画廊失色。尽管如此，如果一个螃蟹的声音有什么意义，那么我的出现也会玷污迪安·富内斯大街的建筑，虽然我不足挂齿的寒舍入不了诸神和众人的法眼，坐落在里瓦达维亚大街与胡胡依大街街角。我如牛负重的消遣之一就是居家销售靠壁桌、屏风、床和橱柜，都出自高产的涅米罗夫斯基不停劳作的双手。那位仁慈的工匠允许我保留并使用这些家具，直到把它们销售出去。就是刚刚，我还睡在一个仿宋代大花瓶里，因为叠床架屋的婚床把我挤出了卧室，而一个可折叠御座把我拒之餐厅门外。

"我曾斗胆把自己纳入迪安·富内斯大街的尊贵圈子里，是辛夫人间接鼓励我不要理会其他人的中肯诅咒，时不时地跨过这道门槛。这种费解的宽容并没有得到太安的无条件支持，他是夫人日夜的导师、法师。除此之外，我转瞬即逝的乐园并没有与乌龟或蟾蜍寿命同齐。辛夫人投法师所好，竭力逢迎涅米罗夫斯基，务求使他感到幸福圆满，而那些制造出的家具超过了一个人坐在不同桌子旁的变换数量。她强忍着恶心与厌恶，忘我地靠近那张西方大胡子脸。不过为了减轻折磨，她尽量选择在夜里或洛里亚电影院里与他见面。

"这种尊贵的关系保证了工厂生意兴隆。涅米罗夫斯基不忠于他可敬的贪婪，把撑得钱包像小猪仔一样圆的钞票花在戒指和狐皮上。他冒着被某个恶毒的审计员指责单调乏味的风险，把这些频繁的小礼物塞在辛夫人的指间和脖颈上。

"帕罗迪先生，在继续讲下去之前，请允许我做一个愚蠢的说明。只有一个被斩首的人才敢设想这些痛苦而且一般是昏暗中进行的活动会让太安疏远他那婀娜的女弟子。我要对与我持相反看法的尊贵人物们说，夫人并不是一动不动地待在方士家里。当她在几个街区之外，不能照料和协助方士的时候，就把这个任务委托给另外一张德薄望浅的脸——他正谦恭地起身，问候和微笑[1]。我名正言顺、卑躬屈膝地执行这个微妙的任务。为了不打扰方士，我尽量减少露面。为了不让他厌烦，我不断变换伪装。有时候，我抓住衣架，假装是羊毛外套，当然被一眼看穿。还有些时候，我伪装成家具，四肢着地出现在楼道里，背上还驮了个花瓶。可惜的是，老家伙并没有上当。太安毕竟是细木工，认出了我，接着踹了我一脚，让我不得不扮演其他静物。

"不过天穹比那个刚刚得知他的一个邻居得到了一根檀香拐杖，另一个邻居得到一只大理石眼睛的人更为妒忌。我们还没高兴一会儿，幸福就结束了。十月份的第七天，我们遭遇了一场火灾，危及方舍的人身安全，使我们的小圈子永远地破裂了。火灾几乎烧毁了整个房屋，吞噬了数量可观的木灯。不用找水了，帕罗迪先生，别让您尊贵的身体脱水。火已经扑灭了。唉，对言高趣远的社交聚会的热情也被扑灭了。

---

1 实际上，是博士在微笑和问候。——作者注

辛夫人和太安乘着篷车搬去了塞里托大街。涅米罗夫斯基用保险金建了一个烟花厂。方舍就像一排一望无际的茶壶一样，静静地永留在那棵柳树旁的小木屋里。

"当我承认火已经被扑灭时，我并没有违反真理的第三十九条附加条款，然而只有一罐倾泻而下的无价之水才敢夸口可以扑灭记忆。从凌晨起，涅米罗夫斯基和方士就忙于制作细竹灯，数目不详，也许无穷无尽。我客观地考量了我家之窘况和家具无休止之汇入，感慨工匠们的操劳枉费工夫，其中一些灯永远不会点燃。可怜的我呀，在夜晚结束之前承认了我的错误：夜晚十一点一刻，所有的灯都点燃了，和它们一起点燃的还有刨花库和表面涂成绿色的木格栅。勇士不会踩老虎尾巴，而是埋伏在森林里，等待宇宙初始就定好的那个时刻，一跃而下。我就是这样做的。我爬到深处的柳树上静候，就像蜻蜓一样警惕，以便在辛夫人发出第一声优雅的求救声时冲入火海。有话说得好，屋顶上的鱼比海里的鹰看得清楚。我并无意以鱼自夸，我看到了许多痛苦的场面，不过我都忍耐下来了，并没有掉下来，我咬牙坚持，支撑我的信念是有朝一日能向您精益求精地复述以下场景。我目睹

193

了火焰的饥渴，涅米罗夫斯基因恐惧而变形的脸，他企图用锯末和旧报纸来平息火焰。我看到礼数周全的辛夫人追踪着方士的每个动作，就像幸福总是尾随着爆竹一样。最终我看到方士帮助完涅米罗夫斯基后，跑向里面的一间小房子，去救方舍，后者那天晚上由于花粉病而不能圆梦。如果我们一一列举二十八种突出场景的话，那么这种救助就更显得可歌可泣。简要使然，我只向您列数四种。

"一、那种大挫方舍威风的花粉病加速了他的脉搏，却没有道高望重到让他瘫痪在床，阻止他潇洒逃离。

"二、那个现在嘟囔着这段描述的乏味之人当时正趴在柳树上，做好准备，一旦形势不妙，就和方舍一起逃走。

"三、方舍全身被烧伤并没有伤害到给他提供食物、收留了他的太安。

"四、就像在人的身体上，牙齿不能看东西，眼睛不能抓挠，脚不能咀嚼一样，在一个我们习惯上比作国家的身体里，一个人篡夺其他人的角色是不体面的。皇帝不能滥用他的权力，去打扫街道，囚徒不能与游荡流民一样到处流动。太安救了方舍，篡夺了消防员的角色，冒犯了他们，所以消防员用强力消防水管淋湿了他。

"有话说得好，官司输了以后，还得付给刽子手钱。火灾之后，争吵开始了。方士和细木工结了仇。苏武将军以不朽的单音节词歌颂了猎熊之乐，然而没有人不知道，先是他的后背被百发百中的弓箭手射中，而后又被愤怒的猎物追上，并葬身熊腹。类比虽不完美，但也适用于与将军一样腹背受敌的辛夫人。她想让她的两个朋友和好，但徒劳无功。她在太安那化为焦炭的卧室和涅米罗夫斯基现在变得一望无际的办公室之间奔走，就像一位守卫庙宇遗迹的女神。《易经》告诫说，要想让一个愤怒的人高兴起来，放再多鞭炮和戴再多面具也无济于事。辛夫人的如簧巧舌并没有平息他们之间难以理解的分歧——我斗胆说，简直是火上浇油。这种状况在布宜诺斯艾利斯的地图上勾勒了一个类似于三角的有趣图形。太安和辛夫人在塞里托大街分享一套公寓，涅米罗夫斯基和他的烟花厂在卡塔马尔卡大街九十五号开辟了新天地，一成不变的方舍留在小房子里。

"如果细木工和方士还属于那个图形，那我就不能享受此时与你们谈话的低微乐趣了。不幸的是，涅米罗夫斯基非要在哥伦布日[1]这天去看望他的老同事。警察到来的时候，就不得不叫救护车。争斗双方的思维平衡如此混乱，涅米罗夫斯基（不顾流个不停的鼻血）朗诵《道德经》开卷有益的经文，而方士（对缺失一颗犬齿毫不在意）滔滔不绝地讲述着犹太笑话。

"辛夫人对分歧痛心疾首，不客气地让我吃了闭门羹。谚语说，被赶出狗窝的乞丐住在回忆的宫殿中。我呢，为了掩盖孤独，去迪安·富内斯大街的废墟朝圣。下午的太阳在柳树后西斜，就像我勤勉的童年那样。方舍无奈地接待了我，给了我一杯茶，还有松子、胡桃和醋。夫人无处不在的影子并没有妨碍我注意到一个很大的衣箱，它的外观就像一位年高德劭的曾祖父，已行将就木。被箱子出卖的方舍对我坦言，在这个天堂般的国度度过的十四年比不上严刑拷打的一分钟，而他已经从我们的领事那里得到一张'黄鱼号'的长方形返程船票，下周将启航赴上海。他龙腾虎跃般的欣喜只有一个缺点，它会令太安不快。实际上，要为一件无价的镶海象皮

---

1 每年的 10 月 12 日。

的貂皮大衣估价，最有名望的法官也要依据上面飞蛾的数量来裁定，而一个人是否结实则要根据吞下他的乞丐的确切数量来判断。方舍回国无疑损害了太安不可动摇的声誉。太安已经不得不依靠插锁或哨兵、绳结或麻醉剂来躲避危险了。方舍以惬意的缓慢速度娓娓道来，乞求我，让我以所有母系先辈的名义保证，不让他离开的这个无关紧要的消息使太安难过。就像《礼记》所要求的那样，我还加码了我形迹可疑的父系先辈。我们俩在柳树下拥抱，还流了点儿眼泪。

"几分钟后，一辆计程车把我送到塞里托大街。不顾仆从的谩骂——那只是辛夫人和太安的工具而已，我就在药店里埋伏起来。在那里，他们给我看了眼睛，还借给我一部电话。我拨了电话。辛夫人没接电话，于是我就把太安爱徒的逃跑计划直接告诉了太安。我收获的是一阵意味深长的沉默，一直持续到我被轰出药店。

"有句话说得好，脚下生风的邮差比他躺在以信为柴的火边的同伴更值得尊敬和赞扬。太安行动迅速。为了阻止爱徒逃跑，他以迅雷不及掩耳之势赶到迪安·富内斯大街。在房间里，有两个意外等待着他：第一，没有找到方舍；第二，找到了涅米罗夫斯基。涅米罗夫斯基对太安说，街区里的几个生意人说，他们看到方舍把衣箱装上一辆马车，他也上了车，悠闲地向北方去了。太安和涅米罗夫斯基寻找无果。随后他们互相告别，太安去迈普街参加一场家具拍卖，而涅米罗夫斯基则和我在韦斯顿酒吧会面。"

"Halte là[1]！"蒙特内格罗说道，"陶醉于艺术的人占了上风。请您欣赏这幅画，帕罗迪。两个决斗者沉重地放下了武器，他们为共同的损失而动容。我要强调的是，他们的动机是一样的，而他们又是截然不同的人。服丧般的预感煽动着太安的额头，涅米罗夫斯基对地球之外那些宏大声音置若罔闻，他在调查、质询、提问。我承认，第三个人物吸引了我：这个事不关己者乘坐在一辆敞篷车里，驶离我们的叙事框架，是一个充满暗示的未知数。"

"先生们，"舒同博士以甜美的声音继续说道，"我泥泞的叙述已经来到了十月十四日那个难忘的夜晚。我冒昧称之为难忘，是因为我未开化和食古不化的胃不能理解双份的布丁

1　法文，停下。

甜点[1]，那就是涅米罗夫斯基桌上唯一的装饰和菜肴。我单纯的初衷就是：a）在涅米罗夫斯基家里吃晚饭；b）在昂西电影院里对三部音乐片表示不满，据涅米罗夫斯基讲，那些影片并不能满足辛夫人；c）在明珠咖啡馆里品味一杯茴芹酒；d）回家。对布丁甜点鲜活而也许不乏痛苦的回想迫使我排除b和c点，并颠覆你们久负盛名的字母表顺序，从a直接跳到d。一个次要结果就是，尽管失眠，那天晚上我一直没有离开家。"

"这些表现让人肃然起敬，"蒙特内格罗说道，"尽管我们童年的本地菜肴，以它们各自的方式，呈现阿根廷菜里至高无上的trouvailles[2]，但我还是与博士的意见不谋而合：在高级烹饪的巅峰上，高卢人所向无敌。"

"十五日，两名侦探亲自把我叫醒，"舒同接着说道，"请我跟他们前往那幢坚实的中心大楼。我在那里知道了诸位现在已经知晓的事情：和蔼的涅米罗夫斯基对方舍的突然行动感到不安，在将近破晓时潜入方舍在迪安·富内斯大街的家。

---

1 以玉米、牛奶为主要原料的传统拉丁美洲甜点。
2 法文，独特发明。

《礼记》说得好，如果你的贵妃在炎炎夏日和低贱之人共处一室，你的某个孩子必是私生子；如果你在约定时间外贸然闯入你朋友的府第，一丝神秘莫测的微笑就会点缀在看门人的脸上。涅米罗夫斯基切身感受到了这句格言的冲击：他没有找到方舍，却在那棵柳树下面看到了半掩埋着法师的尸体。

"透视，尊敬的帕罗迪，"蒙特内格罗猛然断言道，"就是东方绘画的阿喀琉斯之踵。在两股蓝色烟团之间，我为您的画册内页建立一条通向该场景的捷径。在太安的肩膀上，死神威严的吻已经印上了红色印迹：有道白刃武器划下的伤口，约长十厘米。但那把犯下罪行的白刃武器却无影无踪。有人枉然尽力填补空白，那把坟铲——它是极普通的园艺工具，被扔在几米远的地方。在铲子的手柄上，警察（他们无法展翅高飞，只能固执于细节）找到了涅米罗夫斯基的指纹。聪明人、凭直觉的人，嘲笑那种科学烹饪，他们的作用是一间间地构建一幢持久匀称的大楼。我就此打住：我把预言和猜想留待明天。"

"那就恭候明天早晨，"舒同插话说，"我重拾我卑微的讲述。太安进入迪安·富内斯大街的房子时毫发无损，也没有被粗心的邻居发现，他们睡得就像一架子四书五经似的。不过据推测，他应该是十一点以后进去的，因为十一点差一刻的时候，有人看见他出现在迈普街的尽头。"

"我赞同，"蒙特内格罗附和道，"我悄悄跟您说，私下说说，布宜诺斯艾利斯的流言蜚语里提到那个异国人稍纵即逝的身影。此外，棋盘上各棋子的位置如下：王后——我指的是辛夫人——她夜里十一点在喧闹多彩的舞龙中展示她的杏仁眼和妖媚身影。从十一点到十二点，她在住处接待了一个客人，对于那个人的情况，她一直保守秘密。Le coeur a des raisons[1]……至于那个不安分的方舍，警察声称在午夜十一点以前他在新公正旅馆著名的'长厅'或'百万富翁厅'落脚，那是我们贫民区不受欢迎的巢穴。无论我或您，我的兄弟，都对它知之甚少。十月十五日，他登上'黄鱼号'轮船，去往神秘迷人的东方。他在蒙特维的亚被捕，如今在莫雷诺大街默默无闻地混着日子，随时听候警察局的传唤。太安呢？他对警方浮于表面的好奇装聋作哑，把自己严严实实地关在

1　法文，情感自有其理。

流光溢彩的典型东方棺材里，在'黄鱼号'恬静的船舱里，朝向有着数千年历史的礼仪之邦中国继续永无尽头的旅行。"

二

四个月之后，方舍来拜访伊西德罗·帕罗迪。这是个高个头男人，他圆脸上没什么表情，还有些神秘。他头顶黑色草帽，身着白色罩衣。

"舒同的朋友对我说，您想和我谈谈。"他说道。

"非常正确[1]，"帕罗迪答道，"如果您不认为不妥，我向您讲讲我知道和不知道的有关迪安·富内斯大街事件的情况。您的同胞舒同博士现在不在这里，他曾向我们讲了一个错综复杂的漫长故事。我从中推断出，某个异端信徒曾经偷走了一件珍贵文物，它法力无边，在你们国家备受崇拜。道士们得知这个消息非常惊讶，派出一位使者惩戒不法之徒，收回文物。博士说太安，按照他自己的供述，就是那位使者。不

---

1 决斗正酣，读者已经可以感到双方击剑的铮铮碰击声。——赫瓦西奥·蒙特内格罗注

过我尊重事实，这是智者梅林[1]说的。使者太安变换名称和住处，通过报纸了解到达首都的所有船只的名字，并且窥测所有下船的中国人。这般行径，可能是他要寻找什么东西，不过也可能是他在隐藏什么东西。您首先来到布宜诺斯艾利斯，后来太安也到了。任何人都会认为您是盗贼，而太安是尾随者。然而博士又说太安在乌拉圭逗留了一年，幻想能够卖掉薄饼。就像您看到的，先到达美洲的是太安。

"您看，我将向您讲述我弄清楚的问题，如果我说错的话，您会对我说'您弄错了，兄弟'，并且帮助我纠正错误。我认为盗贼就是太安，而您，是使者。否则就无法理出头绪来了。

"方舍，我的朋友，太安那么多年为了逃脱您的追踪，不停地变换名字和住所。他终于累了。他制订了一个过于大胆反而谨慎的计划，并且有决心和勇气付诸实施。他首先开始虚张声势：他让您住到他家去。那个中国夫人就住在那里，她是他的心上人，还有那个俄国家具商。夫人也在追踪宝物。

---

1 亚瑟王传说中的魔法师。

她和那个跟她也有一腿的俄国人出去的时候，就让那个诡计多端的博士盯梢，如果情况需要的话，他就会在屁股上放个花瓶，把自己装扮成家具。俄国人为电影票和其他开销付出了这么多，耗尽家财。他就耍起了老一套，把家具作坊点燃了，以获取保险金。太安与他勾结，帮他做了那些灯，充当柴火。博士比蝾螈爬得还要快，爬到柳树上，发现两个人正往火里扔旧报纸和锯末，使火势更旺。我们来看一下，在这场灾难发生时，各个人物都干了什么。夫人像个影子似的跟着太安，等待太安把宝物从藏匿处取出。太安不操心什么宝物，他想把您救出来。这种做法可以有两种解释。很容易想到您就是窃贼，把您救出来，宝物的秘密就不会随您一同葬身火海。我的看法是太安这样做，是为了让您后来不再跟踪他，是为了让您欠下这个人情，我明确说吧。"

"是的，"方舍简单说道，"不过我并没有欠下这个人情。"

"第一种假设我并不感兴趣，"帕罗迪接着说道，"即使您就是窃贼，谁会怕您和宝物的秘密一起死掉呢？另外，如果真有危险，博士可以带着花瓶和所有东西像电报一样跑出去。

"另外一天，所有人都走了，只留下您一人，孤零零的像个玻璃眼珠。太安假装与涅米罗夫斯基发生争执。我认为争执有两个原因：第一，让人相信他没有和俄国人串通一气，他不同意放火；第二，把夫人带走，让她离开俄国人。后来俄国人继续向夫人献殷勤，于是他们真的发生了争吵。

"您现在面临一个难题：护身符可能被藏在某一个地方。乍一看，是一个不让任何人起疑的地方：家。有三个理由可以排除怀疑：他把您安置在那儿；火灾之后您只身住在那里；是太安自己把房子点燃的。然而，有一个迹象被忽略了：我若是您，潘乔先生[1]，对此地无银三百两会多加小心。"

方舍站了起来，沉重地说道：

"您所言甚是，不过还有您不知道的。容许我一一道来。所有人走后，我坚信护身符就藏在家里。我没有去寻找。我要求我们的领事让我回国。我把我要走的消息私下告诉了舒同博士。不出所料，他立刻和太安说了。我出去了，把箱子留在'黄鱼号'上，然后回到家，从荒地进去，藏了起来。过了一会儿，涅米罗夫斯基来了，邻居们已经告诉他我走了。

---

1 阿根廷同名漫画中的人物。

随后太安到了。他们一起假装找我。太安说得去迈普街的家具拍卖会。他们各奔东西。太安说谎了。几分钟后，他回来了。他进了小房间，再来时拿着我在花园里干活时多次使用的那把铲子 [1]。月光下，他弯着腰，开始在柳树下挖起来。过了不知多长时间，他挖出了一个闪闪发光的东西。最终，我看到了警幻仙子的护身符。于是我扑向窃贼，对他执行了惩罚。

"我知道早晚我会被抓住。我必须保住护身符。我把它藏在死者嘴里。现在他要回国了，回到警幻仙宫，在那里，我的同伴焚烧尸体时会发现它。

"后来，我在报纸上寻找有关拍卖的消息。在迈普街上有两三场家具拍卖会。我去了其中一场。十一点差五分的时候，我在新公正旅馆里。

"这就是我的故事。您可以把我交给警察了。"

"对于我，您大可放心。"帕罗迪说，"现在的人要求政府为他解决一切。要是穷，政府就得为您安排工作。要是生病了，政府就得送您到医院治病。杀了人，自己不偿命，还要

---

1 田园色彩。——何塞·福门托注

求政府惩罚您。您会说我不应该说这种话，因为是国家供养了我。不过我还是相信，先生，人应该自力更生。"

"我也这样认为，帕罗迪先生。"方舍缓慢地说着，"现在世界上很多人都在为维护这种信念而濒于死亡。"

一九四二年十月二十一日，普哈托

JORGE LUIS BORGES
ADOLFO BIOY CASARES
Seis problemas para don Isidro Parodi

Copyright©1995 by Maria Kodama
Copyright©Heirs of ADOLFO BIOY CASARES and JORGE LUIS BORGES, 1946
All rights reserved

图字：09-2010-605号

图书在版编目（CIP）数据

伊西德罗·帕罗迪的六个谜题 / （阿根廷）豪尔赫·
路易斯·博尔赫斯（Jorge Luis Borges），（阿根廷）阿
道夫·比奥伊·卡萨雷斯（Adolfo Bioy Casares）著；
刘京胜译. —上海：上海译文出版社，2020.8
（博尔赫斯全集）
书名原文：Seis problemas para don Isidro Parodi
ISBN 978-7-5327-8371-7

Ⅰ.①伊… Ⅱ.①豪… ②阿… ③刘… Ⅲ.①侦探小
说-小说集-阿根廷-现代 Ⅳ.①I783.45

中国版本图书馆CIP数据核字（2020）第087965号

伊西德罗·帕罗迪的六个谜题 Seis problemas para don Isidro Parodi	豪尔赫·路易斯·博尔赫斯 阿道夫·比奥伊·卡萨雷斯 刘京胜 译 关心予 校	著	出版统筹 赵武平 责任编辑 缪伶超 装帧设计 陆智昌

上海译文出版社有限公司出版、发行
网址：www.yiwen.com.cn
200001 上海福建中路193号
上海信老印刷厂印刷

开本850×1168 1/32 印张6.75 插页2 字数84,000
2021年3月第1版 2021年3月第1次印刷

ISBN 978-7-5327-8371-7/I·5134
定价：68.00元